郁達夫作品精選 5

—經典新版—

水樣的春愁

郁達夫——著

不將風雅薄時賢
紅樹室中別有天
為問倉皇南渡日
過江載得幾殘篇

郁達夫

《水樣的春愁》目次

輯一 吟遊

感傷的行旅 11
釣台的春晝 33
半日的遊程 41
福州的西湖 45
北平的四季 51
杭江小歷紀程 59
浙東景物紀略 81
杭州 97
臨平登山記 103
屯溪夜泊記 109
再到桐君山 115
雁蕩山的秋月 119

趁山的梅花 129
花塢 135
城裏的吳山 139
西溪的晴雨 143
閩遊滴瀝之二 147
閩遊滴瀝之五 153
覆車小記 161
馬六甲遊記 167

輯二　雪夜

所謂自傳也者 177
悲劇的誕生 179
我的夢，我的青春！ 185
書塾與學堂 191
水樣的春愁 197

遠一程，再遠一程！ 205
孤獨者 211
大風圈外 217
海上 225
雪夜 231

輯三 名人日記（節錄）

237

輯一　吟遊

感傷的行旅

一

猶太人的漂泊，聽說是上帝制定的懲罰。中歐一帶的「寄泊棲」的遊行，彷彿是這一種印度支尼族浪漫的天性。大約是這兩種意味都完備在我身上的緣故吧，在一處沉滯得久了，只想把包裹雨傘背起，到絕無人跡的地方去吐一口鬱氣。更況且節季又是霜葉紅時的秋晚，天色又是同碧海似的天天晴朗的青天，我爲什麼不走？我爲什麼不走呢？

可是說話容易，實踐艱難，入秋以後，想走想走的心願，卻起了好久了，而天時人事，到了臨行的時節，總有許多阻障出來。八個瓶兒七個蓋，湊來湊去湊不周全的，尤其是幾個買舟借宿的金錢。我不會吹簫，我當然不能乞食，況且此去，也許在吳頭，也許向楚尾，也許在中途被捉，被投交有砂米飯吃有紅衣服著的籠中，所以踏上火車之先，我總想多帶一點財物在身邊，免得爲人家看出，看出我是一個無產無職的遊民。

旅行之始，還是先到上海，向各處去交涉了半天。等到幾個版稅拿到在手裏，向大街上買就了些旅行雜品的時候，我的靈魂已經飛到了空中，「Over the hills and far away!」①坐在黃包車上的身體，好像在騰雲駕霧，扶搖上九萬里外去了。頭一晚，就在上海的大旅館裏借了一宵宿。

是月暗星繁的秋夜，高樓上看出去，能夠看見的，只是些黃蒼頹蕩的電燈光。當然空中還有許多同蜂衙裏出了火似的同胞的雜噪聲，和許多有錢的人在大街上駛過的汽車聲溶合在一處，在合奏著大都會之夜的「新魔豐膩」，但最觸動我這感傷的行旅者的哀思的，卻是在同一家旅舍之內，從前後左右的宏壯的房間裏發出來的嬌豔的肉聲，及伴奏著的悲涼的弦索之音。屋頂上飛下來的一陣兩陣的比西班牙舞樂裏的皮鼓銅琶更野噪的鑼鼓響樂，也未始不足以打斷我這愁人秋夜的客中孤獨，可是同敗落頭人家的喜事一樣，這一種絕望的喧鬧，這一種勉強的幹興，終覺得是肺病患者的臉上的紅潮，靜聽起來，彷彿是有四萬萬的受難的人民，在這野聲裏啜泣似的，「如此烽煙如此（樂），老夫懷抱若為開」呢？

不得已就只好在燈下拿出一本德國人的遊記來躺在床沿上胡亂地翻讀……

一七七六，九月四日，來千思堡，侵晨。

早晨三點，我輕輕地偷逃出了卡兒斯罷特，因為否則他們怕將不讓我走。那一群將很親熱地為我做八月廿八的生日的朋友們，原也有扣留住我的權利；可是此地卻不可再事淹留下去了。……

這樣地跟這一位美貌多才的主人公看山看水，一直的到了月下行車，將從勃倫納到物絡那（Vom Brenner bis Verona）的時候，我也就在悲涼的弦索聲，雜噪的鑼鼓聲，和怕人的汽車聲中昏沉睡著了。

不知是在什麼地方，我自身卻立在黑沉沉的天蓋下俯看海水，立腳處彷彿是危岩巉兀的一座石山。我的左壁，就是一塊身比人高的直立在那裏的大石。忽而海潮一漲，只見黑黝黝的渦漩，在灰黃的海水裏鼓蕩，潮頭漸長漸高，逼到腳下來了，我苦悶了一陣，卻也終於無路可逃，帶黏性的潮水，就毫無躊躇地浸上了我的兩腳，浸上了我的腿部，腰部，終至於將及胸部而停止了。一霎時水又下退，我的左右又變了石山的陸地，而我身上的一件青袍，卻爲水浸濕了。

在驚怖和懊惱的中間，夢神離去了我，手支著枕頭，舉起上半身來看看外邊的樣子，似乎那些毫無目的，毫無意識，只在大街上閒逛、瞎擠、亂罵、高叫的同胞們都已歸籠去了，馬路上只剩了幾聲清淡的汽車警笛之聲，前後左右的嬌豔的肉聲和絃索聲也減少了，幽幽寂寂，彷彿從極遠處傳來似的，只有間隔得很遠的竹背牙牌互擊的操搭的聲音，大約夜也闌了，大家的遊興也倦了吧，這時候我的肚裏卻也咕嚕嚕感到了一點饑餓。

披上棉袍，向裏間浴室的磁盆裏放了一盆熱水，漱了一漱口，擦了一把臉，再回到床前安樂椅上坐下，呆看住電燈擦起火柴來吸煙的時候，我不知怎麼的斗然間卻感到了一種異樣的孤獨。這也許是大都會中的深夜的悲哀，這也許是中年易動的人生的感覺，但無論如何，我覺得這樣的再在旅舍裏枯坐是耐不住的了，所以就立起身來，開門出去，想去找一家長夜開爐的菜館，去試一回小吃。

開門出去，在靜寂粉白和病院裏的廊子一樣的長巷中走了一段，將要從右角轉入另一條長廊去的時候，在角上的那間房裏，忽而走出了一位二十左右，面色潔白妖豔，一頭黑髮鬆長披在肩上，全身像裸著似的只罩著一件金黃長毛絲絨的Negligee②的婦人來。這一回的出其不意地在這一個深夜的時間裏忽兒和我這樣的一個潦倒的中年男子的相遇，大約也使她感到了一種驚異，她起始只張大了兩隻黑晶晶的大眼，懷疑驚問似的對我看了一眼，繼而臉上漲起了紅霞，似羞縮地將頭俯伏了下去，終於大著膽子向我的身邊走過，走到另一間房間裏去了。我一個人發了一臉微笑，走轉了彎，輕輕地在走向升降機去的中間，耳朵裏還聽見了一聲她關閉房門的聲音，眼睛裏還保留著她那豐白的圓肩的曲線，和從寬散的她的寢衣中透露出來的胸前的那塊倒三角形的雪嫩的白肌膚。

司升降機的工人和在廊子的一角呆坐著的幾位茶役，都也睡態朦朧了，但我從高處的六層樓下來，一到了底下出大門去的那條路上，卻不料竟會遇見這許多暗夜之子在談笑取樂的。他們的中間，有的是跟妓女來的龜奴鴇母，有的是司汽車的機器工人，有的是身上還披著絨毯的住宅包車夫，有的大約是專等到了這一個時候，夾入到這些人的中間來騙取一枝兩枝香煙，談談笑笑藉此過夜的閒人吧！這一個大門道上的小社會裏，這時候似乎還正在熱鬧的黃昏時候一樣，而等我走出大門，向東邊角上的一家茶館裏坐定，朝壁上的掛鐘細細看了一眼時，卻已經是午前的三點鐘前了。

吃取了一點酒菜回來，在路上向天空注看了許多回。西邊天上，正掛著一鉤同鐮刀似的下弦殘月，東北南三面，從高屋頂的電火中間窺探出去，似還見得到一顆兩顆的黯淡的秋星，大約明朝不會下雨這一件事情總可以決定的了。我長嘯了一聲，心裏卻感到了一點滿足，想這一次的出發也還算不壞，就再從升降機上來，回房脫去了袍襖，沉酣地睡著了四五個鐘頭。

二

幾個鐘頭的酣睡，已把我長年不離身心的疲倦醫好了一半了，況且趕到車站的時候，正還是上行特別快車將發未動的九點之前，買了車票，擠入了車座，浩浩蕩蕩，火車頭在晨風朝日之中，將我的身體搬向北去的中間，老是自傷命薄，對人對世總覺得不滿的我這時代落伍者，倒也感到了一心的快樂。「旅行果然是好的」，我斜倚著車窗，目視著兩旁的躺息在太陽和風裏的大地，心裏卻在這樣的想：「旅行果然是不錯，以後就決定在船窗馬背裏過它半生生活吧！」

江南的風景，處處可愛，江南的人事，事事堪哀，你看，在這一個秋盡冬來的寒月裏，四邊的草木，豈不還是青蔥紅潤的麼？運河小港裏，豈不依舊是白帆如織滿在行駛的麼？還有小小的水車亭子，疏疏的槐柳樹林。平橋瓦屋，只在大空裏吐和平之氣，一堆一堆的乾草堆兒，是老百姓在這過去的幾個月中間力耕苦作之後的黃金成績，而車轔轔，馬蕭蕭，這十餘年中間，軍閥對他們的徵收剝奪，虜掠姦淫，從頭細算起來，哪裏還算得明白？江南原說是魚米之鄉，但可憐的老百姓們，也一併的作了那些武裝同志們的魚米了。逝者如斯，將來者且更不堪設想，你們且看看政府中什麼局長什麼局長的任命，一般物價的同潮也似的怒升，和印花稅地稅雜稅等名目的增設等，就也可以知其大概了。啊啊，聖明天子的朝廷大事，你這賤民哪有左右容喙的權利，你這無智的牛馬，你還是守著古聖昔賢的大訓，明哲以保其身，且細賞賞這車窗外面的迷人秋景吧！人家瓦上的濃霜去管它作甚？

車窗外的秋色，已經到了爛熟將殘的時候了。而將這秋色秋風的頹廢末級，最明顯地表現出來的，要算淺水灘頭的蘆花叢藪，和沿流在搖映著的柳色的鵝黃。當然杞樹、楓樹、柏樹的紅葉，也一律的在透露殘秋的消息，可是綠葉層中的紅霞一抹，即在春天的二月，只教你向樹林裏去栽幾株一丈紅花，也就可以釀成此景的。至於西方蓮的殷紅，則不問是寒冬或是炎夏，只教你培養得宜，那就隨時隨地都可以將其他樹葉的碧色去襯它的朱紅，所以我說，表現這大江南岸的殘秋的顏色，不是楓林的紅豔和殘葉的青蔥，卻是蘆花的豐白與岸柳的髡黃。

秋的顏色，也管不得許多，我也不想來品評紅白，裁答一重公案，總之對這些大自然的四時煙景，毫末也不曾留意的我們那火車機頭，現在卻早已衝過了長橋幾架，鈔過了洋澄湖岸的一角，一程一程的在逼近姑蘇台下去了。

蘇州本來是我儂舊遊之地，「一帆冷雨過婁門」的情趣，閒雅的古人，似乎都在稱道。不過細雨騎驢，延著了七里山塘、緩緩的去奠拜真娘之墓的那種逸致，實在也盡值得我們的懷憶的。還有日斜的午後，或者上小吳軒去泡一碗清茶，憑欄細數數城裏人家的煙灶，或者在冷紅閣上，開開它朝西一帶的明窗，靜靜兒的守著夕陽的晼晚西沉，也是塵俗都消的一種遊法。我的此來，本來是無遮無礙的放浪的閒行，依理是應該在吳門下榻，離滬的第一晚是應該去聽聽寒山寺裏的夜半清鐘的，可是重陽過後，這近邊又有了幾次農工暴動的風聲，軍警們提心吊膽，日日在搜查旅客，騷擾居民，像這樣的暴風雨將到未來的恐怖期間，我也不想再去多勞一次軍警先生的駕了，所以車停的片刻時候，我只在車裏跑上先跑落後的看了一回虎丘的山色，想看看這本來是不高不厚的地皮，究竟有沒有被那些要人們刮盡。但是還好，那一堆小小的土山，依舊還在那裏點綴蘇州的景致。不過塔影蕭條，似乎新來瘦了，它不會病酒，它不會悲秋，這影瘦的原因，大約總是因爲日腳行到了天中的緣故吧。拿出表來一看，果然已經是十一點多鐘，將近中午的時刻了。

火車離去蘇州之後，路線的兩邊，聳出了幾條紺碧的山峰來。在平淡的上海住慣的人，或者本來是從山水中間出來，但爲生活所迫，就不得不在看不見山看不見水的上海久住的人們，大約到此總不免要生出異樣的感覺來的吧。同車的有幾位從上海來的旅客，一樣的因看見了這西南一帶的連山而在作點頭的微笑。啊啊，人類本來就是大自然的一部分細胞，只教天性不滅，決沒有一個會對了這自然的和平清景而不想讚美的，所以那些卑汙貪暴的軍閥委員要人們，大約總已經把人性滅盡了的緣故吧，他們只知道要打仗，他們只知道要殺人，他們只知道如何的去斂錢爭勢奪權利用，他們只知道如何的來破壞農工大眾的這一個自然給與我們的伊甸園。啊呀，不對，本來是在說看山的，多嘴的小子，卻又破口牽涉起大人先生們的狼心狗計來了，不說吧，還是不說吧。將近十二點了，我還是去炒盤芥莉雞丁弄瓶「苦配」啤酒來澆澆塊壘的好。

三

正吞完最後的一杯苦酒的時候，火車過了一個小站，聽說是無錫就在眼前了。天下第二泉水的甘味，倒也沒有什麼可以使人留戀的地方。但震澤湖邊的蘆花秋草，當這一個肅殺的年時，在理想上當然是可以引人入勝的，因爲七十二山峰的峰下，處處應該有低淺的水灘，三萬六千頃的周匝，少算算也應該有千餘頃的淺渚，以這一個統計來計算太湖湖上的蘆花，那起碼要比揚子江河身的沙渚上的蘆田多些。我是曾在太平府以上九江以下的揚子江頭看過偉大的蘆花秋景的，所以這一回很想上太湖去試試運氣看，看我這一次的臆測究竟有沒有和事實相合的地方。這樣的決定在無錫下車之後，倒覺得前面相去只幾哩地的路程特別的長了起來，特別快車的速力也似乎特別慢起來了。

無錫究竟是出大政客的實業中心地，火車一停，下來的人竟占了全車的十分之三四。我因爲行李無多，所以一時對那些爭奪人體的黃包車夫們都失了敬，一個人踏出站來，在荒地上立了一會，看了一齣猴子戴面具的把戲，想等大夥的行客散了，再去叫黃包車直上太湖邊去。這一個戰略，本是我在旅行的時候常用常效的方法，因爲車剛到站，黃包車價總要比平時貴漲幾倍，等大家散盡，車夫看看不得不等第二班車了，那他的價錢就會低讓一點，可以讓到比平時只貴兩成三成的地步。況且從車站到湖濱，隨便走哪一條路，總要走半個鐘頭才能走到，你若急切的去叫車，那客氣一點的車夫，會索價一塊大洋，不客氣的或者竟會說兩塊三塊都不定的。所以夾在無錫的市民中間，上車站前頭的那塊荒地上去看一齣猴犬兩明星合演的拿手好戲，也是一件有意義的事情，因爲我在看把戲的中間就在擺布對車夫的戰略呀。殊不知這一次的作戰，我卻大大的失敗了。

原來上行特別快車到站是正午十二點的光景，這一班車過後，則下行特快的到來要在下午的一點半過，車夫若送我到湖邊去呢，那下半日的他的買賣就沒有了，要不是有特別的好處，大家是不願意去的。況且時刻又來得不好，正是大家要去吃飯繳車的時候，所以等我從人叢中擠攢出來，想再回到車站前頭去叫車的當兒，空洞的卵石馬路上，只剩了些太陽的影子，黃包車夫卻一個也看不見了。

沒有辦法，只好唱著「背轉身，只埋怨，自己做差」而慢慢的踱過橋去，在無錫飯店的門口，反出了一個更貴的價目，才叫著了一乘黃包車拖我到了迎龍橋下。從迎龍橋起，前面是寬廣的汽車道了，兩公司的駛往梅園的公共汽車，隔十分就有一乘開行，並且就是不坐汽車，從迎龍橋起再坐小照會的黃包車去，也是十分舒適的。到了此地，又是我的世界了，而實際上從此地起，不但有各種便利的車子可乘，就是叫一隻湖船，叫她直搖出去，到太湖邊上去搖它一晚，也是極容易辦到的事情，所以在一家新的公共汽車行的候車的長凳上坐下的時候，我心裏覺得是已經到了太湖邊上的樣子。

開原鄉一帶，實在是住家避世的最好的地方。九龍山脈，橫亙在北邊，錫山一塔，障得住東來的煙灰煤氣，西南望去，不是龍山山脈的蜿蜒的餘波，便是太湖湖面的鏡光的返照。到處有桑麻的肥地，到處有起屋的良材，耕地的整齊，道路的修廣，和一種和平氣象的橫溢，是在江浙各農區中所找不出第二個來的好地。可惜我沒有去做官，可惜我不曾積下些錢來，否則我將不買陽羨之田，而來這開原鄉里置它的三十頃地。營五畝之居，築一畝之室。竹籬之內，樹之以桑，樹之以麻，養些雞豚羊犬，好供歲時伏臘置酒高會之資；酒醉飯飽，在屋前的太陽光中一躺，更可以叫稚子開一開留聲機器，聽聽克拉衣斯勒的提琴的慢調或卡兒騷的高亢的悲歌。若喜歡看點新書，那火車一搭，只教有半日工夫，就可以到上海的璧恒、別發，去買些最近出版的優美的書來。

這一點卑卑的願望，啊啊，這一點在大人先生的眼裏看起來，簡直是等於矮子的一個小腳指頭般大的奢望，我究竟要在何年何月，才享受得到呢？罷罷，這樣的在公共汽車裏坐著，這樣的看看兩岸的疾馳過去的桑田，這樣的注視注視龍山的秋景，這樣的吸收吸收不用錢買的日色湖光，也就可以了，很可以了，我還是不要作那樣的妄想，且念首清詩，聊作個過屠門的大嚼吧！

Mine be a cot beside the hill
A bee-hive's hum shall soothe my ear;
A willowy brook that turns a mill,
With many a fall shall linger near.

The swal'ow, oft, beneath my thatch
Shall twitter from her clay-built nest;
Oft shall the pilgrim lift the latch,
And share my meal, a welcome guest.

Around my ivied porch shall spring
Each fragrant flower that drinks the dew;
And Lucy, at her wheel, shall sing
In russet-gown and apron blue.

The village-church among the trees,
Where first our marriage-vows were given,
With merry peals shall swell the breeze
And point with taper spire to Heaven.③

這樣的在車窗口同詩裏的蜜蜂似的哼著念著，我們的那乘公共汽車，已經駛過了張巷榮巷，駛過了一支小山的腰嶺，到了梅園的門口了。

四

梅園是無錫的大實業家榮氏的私園，係築在去太湖不遠的一支小山上的別業，我的在公共汽車裏想起的那個願望，他早已大規模地爲我實現造好在這裏了；所不同者，我所想的是一間小小的茅篷，而他的卻是紅磚的高大的洋房，我是要緩步以當車，徒步在那些桑麻的野道上閒走的，而他卻因爲時間是黃金就非坐汽車來往不可的這些違異。然而人同此心，心同此理，看將起來，有錢的人的心理，原也同我們這些無錢無業的閒人的心理是一樣的。我在此地要感謝榮氏的竟能把我的空想去實現而造成這一個梅園，我更要感謝他既造成之後而能把它開放，並且非但把它開放，而又能在梅園裏割出一席地來租給人家，去開設一個接待來遊者的公共膳宿之場。因爲這一晚我是決定在梅園裏的太湖飯店內借宿的。

大約到過無錫的人總該知道，這附近的別墅的位置，除了剛才汽車通過的那支橫山上的一個別莊之外，總算這梅園的位置算頂好了。這一條小小的東山，當然也是龍山西下的波脈裏的一條，南去太湖，約只有小三里不足的路程。而在這梅園的高處，如招鶴坪前，太湖飯店的二樓之上，或再高處那榮氏的別墅樓頭，南窗開了，眼下就見得到太湖的一角，波光容與，時時與獨山、管社山的山色相掩映。至於園裏的瘦梅千樹，小榭數間，和曲折的路徑，高而不美的假山之類，不過盡了一點點綴的餘功，並不足以語園林營造的匠心之所在的。所以梅園之勝，在它的位置，在它的與太湖的接而又離，離而又接的妙處；我的不遠數十里的奔波，定要上此地來借它一宿的原因，也只想利用利用這一點特點而已。

在太湖飯店的二樓上把房間開好，喝了幾杯既甜且苦的惠泉山酒之後，太陽已有點打斜了，但拿出表來一看，時間還只是午後的兩點多鐘。我的此來，原想看一看一位朋友所寫過的太湖的落日，原想看看那落日與蘆花相映的風情的；若現在就趕往湖濱，那未免去得太早，後來怕要生出久候無聊的感想來。所以走出梅園，我就先叫了一乘車子，再回到惠山寺去，打算從那裏再由別道繞至湖濱，好去趕上看湖邊的落日。但是錫山一停，惠山一轉，遇見了些無聊的俗物在惠山泉水旁的大嚼豪遊，及許多武裝同志們的沿路的放肆高笑，我心裏就感到了一心的不快，正同被強人按住在腳下，被他強塞了些灰土塵汙到肚裏邊去的樣子，我的脾氣又發起來了，我只想登到無人來得的高山之上去盡情吐瀉一番，好把肚皮裏的抑鬱灰塵都吐吐乾淨。穿過了惠山的後殿，一步一登，朝著只有斜陽和衰草在弄情調戲的濯濯的空山，不曉走了多少時候，我竟走到了龍山第一峰的頭茅篷外了。

目的總算達到了，惠山錫山寺裏的那些俗物，都已踏踢在我的腳下，四大皆空，頭上身邊，只剩了一片藍蒼的天色和清淡的山嵐。在此地我可以高嘯，我可以俯視無錫城裏的幾十萬為金錢名譽而在苦鬥的蒼生，我可以任我放開大口來罵一陣無論哪一個凡爲我所疾惡者，罵之不足，還可以吐他的面，吐面不足，還可以以小便來澆上他的身頭。我可以痛哭，我可以狂歌，我等爬山的急喘回復了一點之後，在那塊頭茅篷前的山峰頭上竟一個人演了半日的狂態，直到喉嚨乾啞，汗水橫流，太陽也傾斜到了很低很低的時候爲止。

氣竭聲嘶，狂歌高叫的聲音停後，我的兩隻本來是爲我自己的噪聒弄得昏昏的耳裏，忽而沁的鑽入了一層寂靜。風也無聲，日也無聲，天地草木都彷彿在一擊之下變得死寂了。沉默，沉默，沉默，空處都只是沉默。我被這一種深山裏的靜寂壓得怕起來了，頭腦裏卻起了一種很可笑的後悔。「不要這世界完全被我罵得陸沉了哩？」我想，「不要山鬼之類聽了我的嘯聲來將我接受了去，接到了他們的死滅的國裏去了哩？」我又想，「我在這裏踏著的不要不是龍山山頭，不要是陰間的滑油山之類哩？」我再想。於是我就注意看了看四邊的景物，想證一證實我這身體究竟還是仍舊活在這卑汙滿地的陽世呢，還是已經闖入了那個鬼也在想革命而謀做閻王的陰間。

朝東望去，遠散在錫山塔後的，依舊是千萬的無錫城內的民家和幾個工廠的高高的煙突，不過太陽斜低了，比起午前的光景來，似乎加添了一點倦意。俯視下去，在東南的角裏，桑麻的林影，還是很濃很密的，並且在那條白線似的大道上，還有行動的車類的影子在那裏前進呢，那麼至少至少，四周都只是死滅的這一個觀念總可以打破了。我寬了一寬心，更掉頭朝向了西南，太陽落下了，西南全面，只是眩目的湖光，遠處銀藍蒙澒，當是湖中間的峰面的暮靄，西面各小山的面影，也都變成了紫色了。

因爲看見了斜陽，看見了斜陽影裏的太湖，我的已經闖入了死界的念頭雖則立時打消，但是日暮途窮，只一個人遠處在荒山頂上的一種實感，卻油然的代之而起。我就伸長了脖子拚命的查看起四面的路來，這時候我實在只想找出一條近而且坦的便道，好遵此便道而且趕回家去。因爲現在我所立著的，是龍山北脈在頭茅篷下折向南去的一條支嶺的高頭，東西南三面只是岩石和泥沙，沒有一條走路的。若再回至頭茅篷前，重沿了來時的那條石級，再下至惠山，則無緣無故便白白的不得不多走許多的回頭曲路，大丈夫是不走回頭路的，我一邊心裏雖在這樣的同小孩子似的想著，但實在我的腳力也有點虛竭了。

「啊啊，要是這兒有一所庵廟的話，那我就可以不必這樣的著急了。」我一邊盡在看四面的地勢，一邊心裏還在作這樣的打算，「這地點多麼好啊，東面可以看無錫全市，西面可以見太湖的夕陽，後面是頭茅篷的高頂，前面是朝正南的開原鄉一帶的村落，這裏比起那頭茅篷來，形勢不曉要好幾十倍。無錫人真沒有眼睛，怎麼會將這一塊龍山南面的平坦的山嶺這樣的棄置著，而不來造一所庵廟的呢？唉唉，或者他們是將這一個好地方留著，留待我來築室幽居的吧？或者幾十年後將有人來，因我今天的在此一哭而爲我起一個痛哭之台，而與我那故鄉的謝氏西台來對立的吧？哈哈，哈哈。不錯，很不錯。」末後想到了這一個誇大妄想狂者的想頭之後，我的精神也抖擻起來了，於是拔起腳跟，不管它有路沒有路，只是往前向那條朝南斜拖下去的山坡下亂走。結果在亂石上滑坐了幾次，被荊棘鉤破了一塊小襟和一雙線襪，我跳過幾塊岩石，不到三十分鐘，我也居然走到了那支荒山腳下的墳堆裏了。

到了平地的墳樹林裏來一看，西天低處太陽還沒有完全落盡，走到了離墳不遠的一個小村子的時候，我看了看表，已經是五點多了。村裏的人家，也已經在預備晚餐，門前曬在那裏的乾草豆萁，都已收拾得好好，老農老婦，都在將暗未暗的天空下，在和他們的孫兒孫女遊耍。我走近前去，向他們很恭敬的問了問到梅園的路徑，難得他們竟有這樣的熱心，居然把我領到了通汽車的那條大道之上。等我雇好了一乘黃包車坐上，回頭來向他們道謝的時候，我的眼角上卻又撲簌簌地滾下了兩粒感激的大淚來。

五

山居清寂，梅園的晚上，實在是太冷靜不過。吃過了晚飯，向庭前去一走，只覺得四面都是茫茫的夜霧和每每的荒田，人家也看不出來，更何況乎燈燭輝煌的夜市。繞出園門，正想拖了兩隻倦腳走向南面野田裏去的時候，在黃昏的灰暗裏，我卻在門邊看見了一張有幾個大字寫在那裏的白紙。摸近前去一看，原來是中華藝大的旅行寫生團的通告。在這中華藝大裏，我本有一位認識的畫家C君在那裏當主任的，急忙走回飯店，教茶房去一請，C君果然來了。

我們在燈下談了一會，又出去在園中的高亭上站立了許多時候，這一位不趨時尚，只在自己精進自己的技藝的畫家，平時總老是吶吶不願多說話的，然而今天和我的這他鄉的一遇，彷彿把他的習慣改過來了，我們談了些以藝術作了招牌，拚命的在運動做官做委員的藝術家的行爲。我們又談到了些設了很好聽的名目，而實際上只在騙取青年學子的學費的藝術教育家的心跡。我們談到了藝術的真髓，談到了中國的藝術的將來，談到了革命的意義，談到了社會上的險惡的人心，到了嘆聲連發，不忍再談下去的時候，高亭外的天色也完全黑了。兩人伸頭出去，默默地只看了一回天上的幾顆早見的明星。我們約定了下次到上海時，再去江灣訪他的畫室的日期，就各自在黑暗裏分手走了。

大約是一天跑路跑得太多了的緣故吧，回旅館來一睡，居然身也不翻一個，好好兒的睡著了。約莫到了殘宵二三點鐘的光景，檻外的不知從哪一個廟裏來的鐘磬，盡是當當當當的在那裏慢擊。我起初夢醒，以爲是附近報火的鐘聲，但披衣起來，到室外廊前去一看，不但火光看不出來，就是火燒場中老有的那一種叫噪的人號狗吠之聲也一些兒聽它不出。庭外如雲如霧，靜浸著一庭殘月的清光。滿屋沉沉，只充滿著一種遙夜酣眠的呼吸。我爲這鐘聲所誘，不知不覺，竟扣上了衣裳，步出了庭前，將我的孤零的一身，浸入了彷彿是要黏上衣來的月光海裏。

夜霧從太湖裏蒸發起來了，附近的空中，只是白茫茫的一片。叉椏的梅樹林中，望過去彷彿是有人立在那裏的樣子。我又慢慢的從飯店的後門，步上了那個梅園最高處的招鶴坪上。南望太湖，也辨不出什麼形狀來，不過只覺得那面的一塊空闊的地方，彷彿是由千千萬萬的銀絲織就似的，有月光下照的清輝，有湖波返射的銀箭，還有如無卻有，似薄還濃，一半透明，一半黏濕的湖霧湖煙，假如你把身子用力的朝南一跳，那這一層透明的白網，必能悠揚地牽舉你起來，把你舉送到王母娘娘的後宮深處去似的。

這是我當初看了那湖天一角的景象的時候的感想，但當萬籟無聲的這一個月明的深夜，幽幽地慢慢地，被那遠寺的鐘聲，當嗡，當嗡的接連著幾回有韻律似的催告，我的知覺幻想，竟覺得漸漸地漸漸地麻木下去了，終至於什麼也不想，什麼也不幹，兩隻腳柔軟地跪坐了下去，眼睛也只同呆了似的盯視住了那悲哀的殘月不能動了。宗教的神秘，人性的幽幻，大約是指這樣的時候的這一種心理狀態而說的吧，我像這樣的和耶穌教會的以馬內利的聖像似的，被那幽婉的鐘聲，不知魔伏了許多時，直到鐘聲停住，木魚聲發，和尚——也許是尼姑——的念經念咒的聲音幽幽傳到我耳邊的時候，方才挺身立起，回到了那旅館的居室裏來，這時候大約去天明總也已經不遠了吧？

回房不知又睡著了幾個鐘頭，等第二次醒來的時候，前窗的帷幕縫中卻漏入了幾行太陽的光線來。大約時候總也已不早了，急忙起來預備了一下，吃了一點點心，我就出發到太湖湖上去。天上雖各處飛散著雲層，但晴空的缺處，看起來仍可以看得到底的，所以我知道天氣總還有幾日好晴。不過太陽光太猛了一點，空氣裏似乎有多量的水蒸汽含著，若要登高處去望遠景，那像這一種天氣是不行的，因為晴而不爽，你不能從厚層的空氣裏辨出遠處的寒鴉林樹來，可是只要看看湖上的風光，那像這樣的晴天，也已經是盡夠的了。並且昨晚上的落日沒有看成，我今天卻打算犧牲它一天的時日，來試試太湖裏的遠征，去找出些前人所未見的島中僻景來，這是當走出園門，打楊莊的後門經過，向南走入野田，在走上太湖邊上去的時候的決意。

太陽升高了，整潔的野田裏已有早起的農夫在鬭土了。行經過一塊桑園地的時候，我且看見了兩位很修媚的姑娘，頭上罩著了一塊白布，在用了一根竹竿，打下樹上的已經黃枯了的桑葉來。聽她們說這也是蠶婦的每年秋季的一種工作，因爲枯葉在樹上懸久了，那老樹的養分不免要爲枯葉吸幾分去，所以打它們下來是很要緊的，並且黃葉乾了，還可以拿去生火當柴燒，也是一舉兩得的事情。

在野田裏的那條通至湖濱的泥路，上面鋪著的盡是些細碎的介蟲殼兒，所以陽光照射下來，有幾處雖只放著明亮的白光，但有幾處簡直是在發虹霓似的彩色。

像這樣的有朝陽曬著的野道，像這樣的有林樹小山圍繞著的空間，況且頭上又是青色的天，腳底下並且是五彩的地，飽吸著健康的空氣，擺行著不急的腳步，朝南的走向太湖邊去，真是多麼美滿的一幅清秋行樂圖呀！但是風雲莫測，急變就起來了，因爲我走到了管社山腳，正要沿了那條山腳下新闢的步道走向太湖旁的一小灣，俗名五里湖濱的時候，在山道上朝著東面的五里湖心卻有兩位著武裝背皮帶的同志和一位穿長袍馬褂的先生立在那裏看湖面的扁舟。太陽光直射在他們的身上，皮帶上的鍍鎳的金屬，在放異樣的閃光。我毫不留意地走近前去，而聽了我的腳步聲將頭掉轉來的他們中間的武裝者的一位，突然叫了我一聲，吃了一驚，我張開了大眼向他一看，原來是一位當我在某地教書的時候的從前的學生。

他在學校裏的時候本來就是很會出風頭的，這幾年來際會風雲，已經步步高升成了黨國的要人了，他的名字我也曾在報上看見過幾多次的，現在突然的在這一個地方被他那麼的一叫，我真駭得顏面都變成了土色了，因爲兩三年來，流落江湖，不敢出頭露面的結果，我每遇見一個熟人的時候，心裏總要怦怦的驚跳。尤其是在最近被幾位滿含惡意的新聞記者大書了一陣我的叛黨叛國的記載以後，我更是不敢向朋友親戚那裏去走動了。而今天的這一位同志，卻是黨國的要人，現任的中委機關裏的常務委員，若論起罪來，是要從他的手中發落的，冤家路窄，這一關叫我如何的偷逃過去呢？我先發了一陣抖，立住了腳呆木了一下，既而一想，橫豎逃也逃不脫了，還是大著膽子迎上去吧，於是就立定主意保持著若無其事的態度，前進了幾步，和他握了握手。

「啊！怎麼你也會在這裏！」我很驚喜似地裝著笑臉問他。

「真想不到在這裏會見到先生的，近來身體怎麼樣！臉色很不好哩！」他也是很歡喜地問我。

看了他這樣態度，我的膽子放大了，於是就造了一篇很圓滿的歷史出來報告給他聽。

我說因爲身體不好，到太湖邊上來養病已經有二年多了，自從去年夏天起，並且因爲閒空不過，就在這裏聚攏了幾個小學生來在教他們的書，今天是禮拜，所以才出來走走，但吃中飯的時候卻非要回去不可的，書房是在城外××橋××巷的第××號，我並且要請他上書房去坐坐，好細談談別後的閒天。我這大膽的謊語原也已經聽見了他這一番來錫的任務之後才敢說的，因爲他說他是來查勘一件重大黨務的，在這太湖邊上一轉，午後還要上蘇州去，等下次再有來無錫的機會的時候再來拜訪，這是他的遁辭。

他爲我介紹了那另外的兩位同志，我們就一同的上了萬頃堂，上了管社山，我等不到一碗清茶泡淡的時候，就設辭和他們告別了。這樣的我在驚恐和疑懼裏，總算訪過了太湖，遊盡了無錫，因爲中午十二點的時候，我已同逃獄囚似的伏在上行車的一角裏在喝壓驚的「苦配」啤酒了。這一次遊無錫的回味，實在也同這啤酒的味兒差仿不多。

注釋

①「飛越山頂，飛向遙遠的地方。」

②室內服。

③意為：我的住處是山後的一所小屋，／蜂窩的嗡嗡聲安撫著我的耳朵；／一股涓涓小溪迂迴山間，／幾經延宕才在附近滯留。／燕子經常在我的屋簷下，／從她的泥築小窩發出啾啾叫聲；／常有過客敲開門扉，／分享我的食物，一名受歡迎的過客。／在我那爬滿常春藤的門廊，／伸展出飲露的芳香的花朵；／我的露茜啊，自由自在地歌唱，／身著簡樸的衣服，繫著藍色的圍裙。／村裏的教堂映掩在樹間，／那是我們第一次婚誓進行的地方。／和風吹著隆隆作響的鐘聲，／順著漸細的塔尖吹向天空。

釣台的春晝

因爲近在咫尺，以爲什麼時候要去就可以去，我們對於本鄉本土的名區勝景，反而往往沒有機會去玩，或不容易下一個決心去玩的。正唯其是如此，我對於富春江上的嚴陵，二十年來，心裡雖每在記著，但腳卻沒有向這一方面走過。一九三一，歲在辛未，暮春三月，春服未成，而中央黨帝，似乎又想玩一個秦始皇所玩過的把戲了，我接到了警告，就倉皇離去了寓居。先在江浙附近的窮鄉裏，遊息了幾天，偶而看見了一家掃墓的行舟，鄉愁一動，就定下了歸計。繞了一個大彎，趕到故鄉，卻正好還在清明寒食的節前。和家人等去上了幾處墳，與許久不曾見過面的親戚朋友，來往熱鬧了幾天，一種鄉居的倦怠，忽而襲上心來了，於是乎我就決心上釣台訪一訪嚴子陵的幽居。

釣台去桐廬縣城二十餘里，桐廬去富陽縣治九十里不足，自富陽溯江而上，坐小火輪三小時可達桐廬，再上則須坐帆船了。

我去的那一天，記得是陰晴欲雨的養花天，並且係坐晚班輪去的，船到桐廬，已經是燈火微明的黃昏時候了，不得已就只得在碼頭近邊的一家旅館的樓上借了一宵宿。

桐廬縣城，大約有三里路長，三千多煙灶，一二萬居民，地在富春江西北岸，從前是皖浙交通的要道，現在杭江鐵路一開，似乎沒有一二十年前的繁華熱鬧了。尤其要使旅客感到蕭條的，卻是桐君山腳下的那一隊花船的失去了蹤影。說起桐君山，卻是桐廬縣的一個接近城市的靈山勝地，山雖不高，但因有仙，自然是靈了。以形勢來論，這桐君山，也的確是可以產生出許多口音生硬，別具風韻的桐嚴嫂來的生龍活脈；地處在桐溪東岸，正當桐溪和富春江合流之所，依依一水，西岸便瞰視著桐廬縣市的人家煙樹。南面對江，便是十里長洲；唐詩人方幹的故居，就在這十里桐洲九里花的花田深處。向西越過桐廬縣城，更遙遙對著一排高低不定的青巒，這就是富春山的山子山孫了。東北面山下，是一片桑麻沃地，有一條長蛇似的官道，隱而復現，出沒盤曲在桃花楊柳洋槐榆樹的中間，繞過一支小嶺，便是富陽縣的境界，大約去程明道的墓地程墳，總也不過一二十里地的間隔。我的去拜謁桐君，瞻仰道觀，就在那一天到桐廬的晚上，是談雲微月，正在作雨的時候。

魚梁渡頭，因為夜渡無人，渡船停在東岸的桐君山下。我從旅館踱了出來，先在離輪埠不遠的渡口停立了幾分鐘。後來向一位來渡口洗夜飯米的年輕少婦，弓身請問了一回，才得到了渡江的秘訣。她說：「你只須高喊兩三聲，船自會來的。」先謝了她教我的好意，然後以兩手圍成了播音的喇叭，「喂，喂，渡船請搖過來！」地縱聲一喊，果然在半江的黑影當中，船身搖動了。漸搖漸近，五分鐘後。我在渡口，卻終於聽出了咿呀柔櫓的聲音。

時間似乎已經入了酉時的下刻，小市裡的群動，這時候都已經靜息，自從渡口的那位少婦，在微茫的夜色裡，藏去了她那張白團團的面影之後，我獨立在江邊，不知不覺心裡頭卻兀自感到了一種他鄉日暮的悲哀。渡船到岸，船頭上起了幾聲微微的水浪清音，又銅東的一響，我早已跳上了船，渡船也已經掉過頭來了。坐在黑影沉沉的艙裡，我起先只在靜聽著柔櫓划水的聲音，然後卻在黑影裡看出了一星船家在吸著的長煙管頭上的煙火，最後因爲被沉默壓迫不過，我只好開口說話了：「船家!你這樣的渡我過去，該給你幾個船錢？」我問。「隨你先生把幾個就是。」船家的說話冗慢幽長，似乎已經帶著些睡意了，我就向袋裡摸出了兩角錢來。「這兩角錢，就算是我的渡船錢，請你候我一會，上山去燒一次夜香，我是依舊要渡過江來的。」船家的回答，只是嗯嗯、嗚嗚，幽幽同牛叫似的一種鼻音，然而從繼這鼻音而起的兩三聲輕快的喀聲聽來，他卻似已經在感到滿足了，因爲我也知道，鄉間的義渡，船錢最多也不過是兩三枚銅子而已。

到了桐君山下，在山影和樹影交掩著的崎嶇道上，我上岸走不上幾步，就被一塊亂石拌倒，滑跌了一次。船家似乎也動了惻隱之心了，一句話也不發，跑將上來，他卻突然交給了我一盒火柴。我於感謝了一番他的盛意之後，重整步武，再摸上山去，先是必須點一枝火柴走三五步路的，但到得半山，路既就了規律，而微雲堆裡的半規月色，也朦朧地現出一痕銀線來了，所以手裡還存著的半盒火柴，就被我藏入了袋裡。

路是從山的西北，盤曲而上，漸走漸高，半山一到，天也開朗了一點，桐廬縣市上的燈火，也星星可數了。更縱目向江心望去，富春江兩岸的船上和桐溪合流口停泊著的船尾船頭，也看得出一點一點的火來。走過半山，桐君觀裡的晚禱鐘鼓，似乎還沒有息盡，耳朵裡彷彿聽見了幾絲木魚鉦鈸的殘聲。走上山頂，先在半途遇著了一道道觀外圍的女牆，這女牆的柵門，卻已經掩上了。在柵門外徘徊了一刻，覺得已經到了此門而不進去，終於是不能滿足我這一次暗夜冒險的好奇怪僻的。

所以細想了幾次，還是決心進去，非進去不可，輕輕用手往裡面一推，柵門卻呀的一聲，早已退向了後方開開了，這門原來是虛掩在那裡的。

進了柵門，踏著爲淡月所映照的石砌平路，向東向南的前走了五六十步，居然走到了道觀的大門之外，這兩扇朱紅漆的大門，不消說是緊閉在那裡的。到了此地，我卻不想再破門進去了，因爲這大門是朝南向著大江開的，門外頭是一條一丈來寬的石砌步道，步道的一旁是道觀的牆，一旁便是山坡，靠山坡的一面，並且還有一道二尺來高的石牆築在那裡，大約是代替欄杆，防人傾跌下山去的用意，石牆之上，鋪的是二三尺寬的青石，在這似石欄又似石凳的牆上，盡可以坐臥遊息，飽看桐江和對岸的風景，就是在這裡坐它一晚，也很可以，我又何必去打開門來，驚起那些老道的惡夢呢？

空曠的天空裡，流漲著的只是些灰白的雲，雲層缺處，原也看得出半角的天，和一點兩點的星，但看起來最饒風趣的，卻仍是欲藏還露，將見仍無的那半規月影。這時候江面上似乎起了風，雲腳的遷移，更來得迅速了。而低頭向江心一看，幾多散亂著的船裡的燈光，也忽明忽滅地變換了一變換位置。

這道觀大門外的景色，真神奇極了。我當十幾年前，在放浪的遊程裡，曾向瓜州京口一帶，消磨過不少的時日；那時覺得果然名不虛傳的，確是甘露寺外的江山，而現在到了桐廬，昏夜上這桐君山來一看，又覺得這江山之秀而且靜，風景的整而不散，卻非那天下第一江山的北固山所可與比擬的了。真也難怪得嚴子陵，難怪得戴徵士，倘使我若能在這樣的地方結屋讀書，以養天年，那還要什麼的高官厚祿，還要什麼的浮名虛譽哩？一個人在這桐君觀前的石凳上，看看山，看看水，看看城中的燈火和天上的星雲，更做做浩無邊際的無聊的幻夢，我竟忘記了時刻，忘記了自身，直等到隔江的擊聲傳來，向西一看，忽而覺得城中的燈影微茫地減了，才跑也似地走下了山來，渡江奔回了客舍。

第二日侵晨，覺得昨天在桐君觀前做過的殘夢正還沒有續完的時候，窗外面忽而傳來了一陣吹角的聲音。好夢雖被打破，但因這同吹篳篥似的商音哀咽，卻很含著些荒涼的古意，並且曉風殘月，楊柳岸邊，也正好候船待發，上嚴陵去；所以心裡縱懷著了些兒怨恨，但臉上卻只現出了一痕微笑，起來梳洗更衣，叫茶房去僱船去。雇好了一隻雙槳的漁舟，買就了些酒菜魚米，就在旅館前面的碼頭上上了船，輕輕向江心搖出去的時候，東方的雲幕中間，已現出了幾絲紅暈，有八點多鐘了。舟師急得厲害，只在埋怨旅館的茶房，為什麼昨晚上不預先告訴，好早一點出發。因為此去就是七里灘頭，無風七里，有風七十里，上釣台去玩一趟回來，路程雖則有限，但這幾日風雨無常，說不定要走夜路，才回來得了的。

過了桐廬，江心狹窄，淺灘果然多起來了。路上遇著的來往的行舟，數目也是很少，因為早晨吹的角，就是往建德去的快班船的信號，快班船一開，來往於兩岸之間的船就不十分多了。兩岸全是青青的山，中間是一條清淺的水，有時候過一個沙洲，洲上的桃花菜花，還有許多不曉得名字的白色的花，正在喧鬧著春暮，吸引著蜂蝶。我在船頭上一口一口的喝著嚴東關的藥酒，指東話西地問著船家，這是什麼山，那是什麼港，驚嘆了半天，稱頌了半天，人也覺得倦了，不曉得什麼時候，身子卻走上了一家水邊的酒樓，在和數年不見的幾位已經做了黨官的朋友高談闊論。談論之餘，還背誦了一首兩三年前曾在同一的情形之下做成的歪詩：

不是尊前愛惜身，佯狂難免假成真，
曾因酒醉鞭名馬，生怕情多累美人。
劫數東南天作孽，雞鳴風雨海揚塵，
悲歌痛哭終何補，義士紛紛説帝秦。

直到盛筵將散，我酒也不想再喝了，和幾位朋友鬧得心裡各自難堪，連對旁邊坐著的兩位陪酒的名花都不願意開口。正在這上下不得的苦悶關頭，船家卻大聲的叫了起來說：

「先生，羅芷過了，釣台就在前面，你醒醒吧，好上山去燒飯吃去。」

擦擦眼睛，整了一整衣服，抬起頭來一看，四面的水光山色又忽而變了樣子了。清清的一條淺水，比前又窄了幾分，四圍的山包得格外的緊了，彷佛是前無去路的樣子。並且山容峻削，看去覺得格外的瘦格外的高。向天上地下四圍看看，只寂寂的看不見一個人類。雙槳的搖響，到此似乎也不敢放肆了，鉤的一聲過後，要好半天才來一個幽幽的迴響，靜，靜，靜，身邊水上，山下岩頭，只沉浸著太古的靜，死滅的靜，山峽裡連飛鳥的影子也看不見半隻。前面的所謂釣臺山上，只看得見兩個大石壘，一間歪斜的亭子，許多縱橫蕪雜的草木。山腰裡的那座祠堂，也只露著些廢垣殘瓦，屋上面連炊煙都沒有一絲半縷，像是好久好久沒有人住了的樣子。並且天氣又來得陰森，早晨曾經露一露臉過的太陽，這時候早已深藏在雲堆裡了，餘下來的只是時有時無從側面吹來的陰颼颼的半箭兒山風。船靠了山腳，跟著前面背著酒菜魚米的船夫走上嚴先生祠堂的時候，我心裡真有點害怕，怕在這荒山裡要遇見一個乾枯蒼老得同絲瓜筋似的嚴先生的鬼魂。

在祠堂西院的客廳裡坐定，和嚴先生的不知第幾代的裔孫談了幾句關於年歲水旱的話後，我的心跳也漸漸兒的鎮靜下去了，囑托了他以煮飯燒菜的雜務，我和船家就從斷碑亂石中間爬上了釣台。

東西兩石壘，高各有二三百尺，離江面約兩里來遠，東西台相去只有一二百步，但其間卻夾著一條深谷。立在東台，可以看得出羅芷的人家，回頭展望來路，風景似乎散漫一點，而一上謝氏的西台，向西望去，則幽谷裡的清景，卻絕對的不像是在人間了。我雖則沒有到過瑞士，但到了西台，朝西一看，立時就想起了曾在照片上看見過的威廉退兒的祠堂。這四山的幽靜，這江水的青藍，簡直同在畫片上的珂羅版色彩，一色也沒有兩樣，所不同的就是在這兒的變化更多一點，周圍的環境更蕪雜不整齊一點而已，但這卻是好處，這正是足以代表東方民族性的頹廢荒涼的美。

從釣台下來，回到嚴先生的祠堂——記得這是洪楊以後嚴州知府戴槃重建的祠堂——西院裡飽啖了一頓酒肉，我覺得有點酩酊微醉了。手拿著以火柴柄製成的牙籤，走到東面供著嚴先生神像的龕前，向四面的破壁上一看，翠墨淋漓，題在那裡的，竟多是些俗而不雅的過路高官的手筆。最後到了南面的一塊白牆頭上，在離屋簷不遠的一角高處，卻看到了我們的一位新近去世的同鄉夏靈峰先生的四句似邵堯夫而又略帶感慨的詩句。夏靈峰先生雖則只知崇古，不善處今，但是五十年來，像他那樣的頑固自尊的亡清遺老，也的確是沒有第二個人。比較起現在的那些官迷財迷的南滿尚書和東洋宦婢來，他的經術言行，姑且不必去論它，就是以骨頭來稱稱，我想也要比什麼羅三郎鄭太郎輩，重到好幾百倍。慕賢的心一動，醺人的臭技自然是難熬了，堆起了幾張桌椅，借得了一枝破筆，我也向高牆上在夏靈峰先生的腳後放上了一個陳屁，就是在船艙的夢裡，也曾微吟過的那一首歪詩。

從牆頭上跳將下來，又向龕前天井去走了一圈，覺得酒後的乾喉，有點渴癢了，所以就又走回到了西院，靜坐著喝了兩碗清茶。在這四大無聲，只聽見我自己的啾啾喝水的舌音衝擊到那座破院的敗壁上去的寂靜中間，同驚雷似地一响，院後的竹園裡卻忽而飛出了一聲閒長而又有節奏似的雞啼的聲來。同時在門外面歇著的船家，也走進了院門，高聲的對我說：

「先生，我們回去罷，已經是吃點心的時候了，你不聽見那隻雞在後山啼麼？我們回去吧！」

半日的遊程

去年有一天秋晴的午後，我因爲天氣實在好不過，所以就擱下了當時正在趕著寫的一篇短篇的筆，從湖上坐汽車馳上了江幹。在兒時習熟的海月橋、花牌樓等處閒走了一陣，看看青天，看看江岸，覺得一個人有點寂寞起來了，索性就朝西的直上，一口氣便走到了二十幾年前曾在那裡度過半年學生生活的之江大學的山中。二十年的時間的印跡，居然處處都顯示了面形：從前的一片荒山，幾條泥路，與夫亂石幽溪，草房藩溷，現在都看不見了。尤其要使人感覺到我老何堪的，是在山道兩旁的那一排青青的不凋冬樹；當時只同豆苗似的幾根小小的樹秧，現在竟長成了可以遮蔽風雨，可以掩障烈日的長林。不消說，山腰的平處，這裡那裡，一所所的輕巧而經濟的住宅，也添造了許多；像在畫裡似的附近山川的大致，雖仍依舊，但校址的周圍，變化卻竟簇生了不少。第一，從前在大禮堂前的那一絲空地，本來是下臨絕谷的半邊山道，現在卻已將面前的深谷填平，變成了一大球場。大禮堂西北的略高之處，本來是有幾枝被朔風摧折得彎腰屈背的老樹孤立在那裡的，現在卻建築起了三層的圖書文庫了。二十年的歲月！三千六百日的兩倍的七千二百的日子！以這一短短的時節，來比起天地的悠長來，原不過是像白駒的過隙，但是時間的威力，究竟是絕對的暴君，曾日月之幾何，我這一個本在這些荒山野徑裡馳騁過的毛頭小子，現在也竟垂垂老了。

一路上走著看著，又微微地嘆著，自山的腳下，走上中腰，我竟費去了三十來分鐘的時刻。半山裡是一排教員的住宅，我的此來，原因爲在湖上在江幹孤獨得怕了，想來找一位既是同鄉，又是同學，而自美國回來之後就在這母校裡服務的胡君，和他來談談過去，賞賞清秋，並且也可以由他這裡來探到一點故鄉的消息的。

兩個人本來是上下年紀的小學校的同學，雖然在這二十幾年中見面的機會不多，但或當暑假，或在異鄉，偶爾遇著的時候，卻也有一段不能自已的柔情，油然會生起在各個的胸中。我的這一回的突然的襲擊，原也不過是想使他驚駭一下，用以加增加增親熱的效力的企圖；升堂一見，他果然是被我駭倒了。

「哦！真難得！你是幾時上杭州來的？」他驚笑著問我。

「來了已經多日了，我因爲想靜靜兒的寫一點東西，所以朋友們都還沒有去看過。今天實在天氣太好了，在家裡坐不住，因而一口氣就跑到了這裡。」

「好極！好極！我也正在打算出去走走，就同你一道上溪口去喫茶去罷，沿錢塘江到溪口去的一路的風景，實在是不錯！」

沿溪入谷，在風和日暖，山近天高的田塍道上，二人慢慢地走著，談著，走到九溪十八澗的口上的時候，太陽已經斜到了去山不過丈來高的地位了。在溪房的石條上坐落，等茶莊裡的老翁去起茶煮水的中間，向青翠還像初春似的四山一看，我的心坎裡不知怎麼，竟充滿了一股說不出的颯爽的清氣。兩人在路上，說話原已經說得很多了，所以一到茶莊，都不想再說下去，只瞪目坐著，在看四周的山和腳下的水，忽而噓朔朔朔的一聲，在半天裡，晴空中一隻飛鷹，像霹靂似的叫過了，兩山的回音，更繚繞地震動了許多時。我們兩人頭也不仰起來，只豎起耳朵，在靜聽著這鷹聲的響過。迴響過後，兩人不期而遇的將視線湊集了攏來，更同時破顏發了一臉微笑，也同時不謀而合的叫了出來說：

「真靜啊！」

「真靜啊！」

等老翁將一壺茶搬來，也在我們邊上的石條上坐下，和我們攀談了幾句之後，我才開始問他說：「久住在這樣寂靜的山中，山前山後，一個人也沒有得看見，你們倒也不覺得怕的麼？」

「怕啥東西？我們又沒有龍連（錢），強盜綁匪，難道肯到孤老院裡來討飯吃的麼？並且春三二月，外國清明，這裡的遊客，一天也有好幾千。冷清的，就只不過這幾個月。」

我們一面喝著清茶，一面只在貪味著這陰森得同太古似的山中的寂靜，不知不覺，竟把擺在桌上的四碟糕點都吃完了；老翁看了我們的食欲的旺盛，就又推薦著他們自造的西湖藕粉和桂花糖說：

「我們的出品，非但在本省口碑載道，就是外省，也常有信來郵購的，兩位先生沖一碗嘗嘗看如何？」

大約是山中的清氣，和十幾里路的步行的結果吧，那一碗看起來似鼻涕，吃起來似泥沙的藕粉，竟使我們嚼出了一種意外的鮮味。等那壺龍井芽茶，沖得已無茶味，而我身邊帶著的一封絞盤牌也只剩了兩枝的時節，覺得今天是行得特別快的那輪秋日，早就在西面的峰旁躲去了。谷裡雖掩下了一天陰影，而對面東首的山頭，還映得金黃淺碧，似乎是山靈在預備去赴夜宴而鋪陳著濃裝的樣子。我昂起了頭，正在賞玩著這一幅以青天為背景的夕照的秋山，忽聽見耳旁的老翁以富有抑揚的杭州土音計算著賬說：

「一茶，四碟，二粉，五千文！」

我真覺得這一串話是有詩意極了，就回頭來叫了一聲說：

「老先生！你是在對課呢？還是在做詩？」

他倒驚了起來，張圓了兩眼呆視著問我：

「先生你說啥話語？」

「我說，你不是在對課麼？三竺六橋，九溪十八澗，你不是對上了『一茶四碟，二粉五千文』了麼？」

說到了這裡，他才搖動著鬍子，哈哈的大笑了起來，我們也一道笑了。付賬起身，向右走上了去理安寺的那條石砌小路，我們倆在山嘴將轉彎的時候，三人的呵呵呵呵的大笑的餘音，似乎還在那寂靜的山腰，寂靜的溪口，作不絕如縷的迴響。

福州的西湖

天氣熱了之後，真是熱得不可耐，而又不至於熱死的時候，我們老會有那一種失神狀態出現，就是嗒焉我喪吾的狀態。茫茫然，渾渾然，知覺是有的，感覺卻遲鈍一點；看周圍的事物風景，只融成一個很模糊的輪廓，對極熟悉的環境，也會發生奇異的生疏感，彷彿似置身在外國，又彷彿是回到了幼小的時期，總之，是一種半麻木的入夢的狀態。

與此相反，於烈日行天的中午，你若突然走進一處陰涼的樹林；或如燒似煮地熱了一天，忽兒向晚起微風，吹盡了空中的熱氣，使你得在月明星淡的天蓋下靜躺著細看天河；當這些樣的時候，我們也會起一種如夢似的失神狀態，彷彿是從惡夢裏剛蘇醒轉來的樣子，既不願意動彈，也不能夠把注意力集中，陶然泰然，本不知道有我，更不知道有我以外的一切糾紛。

這兩種情懷，前一種分明有不快的下意識潛伏在心頭，而後一種當然是涅槃的境地。在福州，一交首夏，直到白露為止，差不多每日都可以使你體味到這兩種至味。

因為福州地處東海之濱，所以夏天的太陽出來得特別的早；可是陽光一普照，空氣，地殼，山川草木，就得蒸吐熱氣。故而自上午八九點鐘起，到下午五時前後止，熱度，大約總在八十六七至九十一二度的中間。依這一度數看來，福州原也並不比別處特別的熱，但是一年到頭——十二個月中間，差不多有四五個月，天天都是如此，因而新自外地來的人，總覺得福州這地方比別處卻熱得不同。在福州熱的時間雖則長一點，白天在太陽底下走路的苦楚，雖則覺得難熬一點，但福州的夏夜，實在是富有著異趣，實在真夠使人留戀。我假使要模仿《舊約》諸先知的筆調，寫起牧歌式的福州夏夜記事來，那開始就得這麼的說：

——太陽平西了，海上起了微風。天上的群星放了光，地上的亞當夏娃的子女，成群，結隊，都走向西去，同伊色列人的出埃及一樣。……

爲什麼一到晚上，福州的住民大家要走向西去呢？就因爲在福州的城西，也有一個西湖，是浮瓜沉李，夏夜乘涼的唯一的好地方。

沒有到福州之先，我並不知道福州也有一個西湖。雖則說「天下西湖三十六」，但我們所習知的，總只是與蘇東坡有關的幾個，河南潁上，廣東惠州，與浙江杭州。到了福州之後，住上了年餘，閒來無事，到各處去走走，覺得西湖在福州的重要，卻也不減似杭州，尤其是在夏天。讓我們先來查一查這福州西湖的歷史（當然是抄的舊籍），乾隆徐景熹修的《福州府志》裏說：西湖在侯官縣西三里。《三山志》：蓄水成湖，可蔭民田。《閩都記》：周回二十里，引西北渚山溪水注於湖，與海通潮汐，所溉田不可勝計。《閩書》：西湖，晉太守嚴高所鑿，蓄泄澤民田，周圍十數里；王審知時大之，至四十餘里。

自從晉後，這西湖屢塞屢浚，時大時小；最後到了民國，許世英氏在這裏做省長的時候，還大大地疏浚了一次，並且還編了一部十二大冊的《西湖志》。到得現在，時勢變了，東北角城牆拆去，建設廳正在做植樹，修堤，築環湖馬路的工作。千餘年來西湖的歷史，不過如此；但史上西湖的黃金時代，卻有先後的兩期。其一，是王審知王閩以後的時期。閩王宮殿，就築在現在的布使埕威武軍門以內；閩王鏻時，朝西築甬道，可以直達西湖，在湖上並且更築起了一座水晶的宮殿，居民道上，往往可以聽見地下的弦索之音。

閩王後代，不知前王創業的艱難，驕奢淫佚，享盡了人間的豔福；宮婢陳金鳳的父子聚麀，湖亭水嬉，高唱棹歌，當然是在這西湖的圈裏，這當是西湖的第一個黃金時代。

其次，是宋朝天下太平，風流太守，像曹穎區，程師孟，蔡君謨等管領的時代。詩酒流連，群賢畢至，當時的西湖雖小，而流傳的韻事卻很多！現在市場上流行的那部民國初年修的《西湖志》裏，所記的遺聞軼事，歌賦詩詞，亦以這一代的為多，稱它為西湖第二期的黃金時代，大約總也不至大錯。

其後由元歷明，以及清朝的一代，雖然也有許多詩人的傳說在西湖；但窮儒的點綴，當然只是修幾間茅亭，築一些墳墓而已，像帝王家，太守府那般的豪舉，當然是沒有的。

這些都是西湖的家譜，只能供好尋故事的人物參考，現在卻不得不說一說西湖的面貌，以盡我介紹這海濱西子之勞；萬一這僻處在一方的靜女，能多得到幾位遙思渴慕的有情人，則我一枝禿筆的功德也可以說是不少。

杭州的西湖，若是一個理想中的粉本，那麼可以說頤和園得了她的緊湊，而福州的西湖，獨得了她的疏散。各有點相像，各有各的好處，而各在當地的環境裏，卻又很位置的得當。

總之，是一湖湖水，處在城西。水中間有一堆小山，山旁邊有幾條堤，幾條橋，與許多樓閣與亭台。遠一點，是附廓的鄉村；再遠一點，是四周的山，連續不斷的山。並且福州的西湖之與閩江，也卻有杭州的西湖與錢塘江那麼的關係，所以要說像，正是再像也沒有。

但是杭州湖上的山，高低遠近，相差不多，由俗眼看來，雖很悅目，一經久視，終覺變化太少，奇趣毫無。而福州的西湖近側，要說低崗淺阜，有城內的屏山（北）與烏石山（南），城外的大夢山祭酒山（西）。似斷若連，似連實斷。遠處東望鼓山連峰，自蓮花山一路東馳，直到海雲生處。有時候夕陽西照，有時候明月東升，這一排東頭的青嶂，真若在掌股之間；山上的樹木危岩，以及樹林裏的禪房僧舍，都看得清清楚楚；與西湖的距離，並不迫近眉睫，可也不遠在千里，正同古人之所說，如硬紙寫黃庭，恰到好處的樣子。

福州的西湖，因爲面積小，所以十景八景的名目，沒有杭州那麼的有名。並且時過景遷，如大夢松濤的一景，簡直已經尋不出一個小浪來了，其他的也就可想而知。但是開化寺前的茶店，開化寺後，從前大約是宛在堂的舊址的那一塊小阜，卻仍是看晚霞與旭日的好地方。西面一堤，過環橋，就可以走上澄瀾堂去，繞一個圈子，可以直繞到北岸的窯角諸娘的家裏，這些地方，總仍舊是千餘年前的西湖的舊景。並且立在環橋上面，北望諸山腰裏的人家，南瞻烏石山頭的大石，俯聽聽橋洞下男男女女的行舟，清風不斷，水波也時常散作鱗文，以地點來講，這橋上當是西湖最好的立腳地。橋頭東西，是許世英氏於「五四」那一年立「擊楫」碑的地方，此時此景，恰也正配。

福州西湖的遊船，有一種像大明湖的方舟，有一種像平常的舢板，設備倒也相當的富麗，但終因為湖面太小了一點，使人鼓不起擊楫的勇氣；又因為湖水不清，碼頭太少，四岸沒有可以上去遊玩的別墅與叢林，所以船家與坐船的人，並沒有杭州那麼的多。可是年年端午，西湖的裏裏外外，上上下下，總是人多如鯽，擠得來寸步難移；這時候這些船家，便也可以借弔屈原之名而揚眉吐氣，一隻船的租金，竟有上二三元一日的；八月半的晚上，當然也是一樣。

對於福州的西湖，我初來時覺得她太渺小，現在習熟了，卻又覺她的楚楚可憐。在《西湖志》的附錄裏，曾載有一位湖上的少女，被人買去作妾；後來隨那位武弁到了北京，因不容於大婦，發配廝養卒以終。少女多才，賦詩若干絕以自哀，所謂「為問生身親父母，賣兒還剩幾多錢？」以及「嫁得傖父雙腳健，報人夫婿早登科」等名句，就是這一位福州馮小青之所作。詩的全部，記得《隨園詩話》，和《兩般秋雨庵隨筆》裏都抄登著在。她，這一位可憐的少女，我覺得就是福州西湖的化身；反過來說，或者把西湖當作她的象徵，也未始不可。

北平的四季

對於一個已經化爲異物的故人，追懷起來，總要先想到他或她的好處；隨後再慢慢的想想，則覺得當時所感到的一切壞處，也會變作很可尋味的一些紀念，在回憶裏開花。關於一個曾經住過的舊地，覺得此生再也不會第二次去長住了，身處入了遠離的一角，向這方向的雲天遙望一下，回想起來的，自然也同樣地只是它的好處。

中國的大都會，我前半生住過的地方，原也不在少數；可是當一個人靜下來回想起從前，上海的鬧熱，南京的遼闊，廣州的烏煙瘴氣，漢口武昌的雜亂無章，甚至於青島的清幽，福州的秀麗，以及杭州的沉著，總歸都還比不上北京——我住在那裏的時候，當然還是北京——的典麗堂皇，幽閒清妙。

先說人的分子吧，在當時的北京，——民國十一二年前後——上自軍財閥政客名優起，中經學者名人，文士美女教育家，下而至於負販拉車鋪小攤的人，都可以談談，都有一藝之長，而無憎人之貌；就是由薦頭店薦來的老媽子，除上炕者是當然以外，也總是衣冠楚楚，看起來不覺得會令人討嫌。

其次說到北京物質的供給哩，又是山珍海錯，洋廣雜貨，以及蘿蔔白菜等本地產品，無一不備，無一不好的地方。所以在北京住上兩三年的人，每一遇到要走的時候，總只感到北京的空氣太沉悶，灰沙太暗淡，生活太無變化；一鞭出走，出前門便覺胸舒，過蘆溝方知天曉，彷佛一出都門，就上了新生活開始的坦道似的；但是一年半載，在北京以外的各地——除了在自己幼年的故鄉以外——去一住，誰也會得重想起北京，再希望回去，隱隱地對北京害起劇烈的懷鄉病來。這一種經驗，原是住過北京的人，個個都有，而在我自己，卻感覺得格外的濃，格外的切。最大的原因或許是為了我那長子之骨，現在也還埋在郊外廣誼園的墳山，而幾位極要好的知己，又是在那裏同時斃命的受難者的一群。

北平的人事品物，原是無一不可愛的，就是大家覺得最要不得的北平的天候，和地理聯合上一起，在我也覺得是中國各大都會中所尋不出幾處來的好地。為敘述的便利起見，想分成四季來約略地說說。

北平自入舊曆的十月之後，就是灰沙滿地，寒風刺骨的節季了，所以北平的冬天，是一般人所最怕過的日子。但是要想認識一個地方的特異之處，我以為頂好是當這特異處表現得最圓滿的時候去領略；故而夏天去熱帶，寒天去北極，是我一向所持的哲理。北平的冬天，冷雖則比南方要冷得多，但是北方生活的偉大幽閒，也只有在冬季，使人感受得最澈底。

先說房屋的防寒裝置吧，北方的住屋，並不同南方的摩登都市一樣，用的是鋼骨水泥，冷熱氣管；一般的北方人家，總只是矮矮的一所四合房，四面是很厚的泥牆；上面花廳內都有一張暖坑，一所迴廊；廊子上是一帶明窗，窗眼裏糊著薄紙，薄紙內又裝上風門，另外就沒有什麼了。在這樣簡陋的房屋之內，你只教把爐子一生，電燈一點，棉門簾一掛上，在屋裏住著，卻一輩子總是暖燉燉像是春三四月裏的樣子。尤其會得使你感覺到屋內的溫軟堪戀的，是屋外窗外面烏烏在叫嘯的西北風。

天色老是灰沉沉的，路上面也老是灰的圍障，而從風塵灰土中下車，一踏進屋裏，就覺得一團春氣，包圍在你的左右四周，使你馬上就忘記了屋外的一切寒冬的苦楚。若是喜歡吃吃酒，燒燒羊肉鍋的人，那冬天的北方生活，就更加不能夠割捨；酒已經是禦寒的妙藥了，再加上以大蒜與羊肉醬油合煮的香味，簡直可以使一室之內，漲滿了白濛濛的水蒸溫氣。玻璃窗內，前半夜，會流下一條條的清汗，後半夜就變成了花色奇異的冰紋。

到了下雪的時候哩，景象當然又要一變。早晨從厚棉被裏張開眼來，一室的清光，會使你的眼睛眩暈。在陽光照耀之下，雪也一粒一粒的放起光來了，蟄伏得很久的小鳥，在這時候會飛出來覓食振翎，談天說地，吱吱的叫個不休。數日來的灰暗天空，愁雲一掃，忽然變得澄清見底，翳障全無；於是年輕的北方住民，就可以營屋外的生活了，溜冰，做雪人，趕冰車雪車，就在這一種日子裏最有勁兒。

我曾於這一種大雪時晴的傍晚，和幾位朋友，跨上跛驢，出西直門上駱駝莊去過過一夜。北平郊外的一片大雪地，無數枯樹林，以及西山隱隱現現的不少白峰頭，和時時吹來的幾陣雪樣的西北風，所給與人的印象，實在是深刻，偉大，神秘到了不可以言語來形容。直到了十餘年後的現在，我一想起當時的情景，還會得打一個寒顫而吐一口清氣，如同在釣魚台溪旁立著的一瞬間一樣。

北國的冬宵，更是一個特別適合於看書，寫信，追思過去，與作閒談說廢話的絕妙時間。記得當時我們兄弟三人，都住在北京，每到了冬天的晚上，總不遠千里地走攏來聚在一道，會談少年時候在故鄉所遇所見的事事物物。小孩們上床去了，傭人們也都去睡覺了，我們弟兄三個，還會得再加一次煤再加一次煤地長談下去。有幾宵因爲屋外面風緊天寒之故，到了後半夜的一二點鐘的時候，便不約而同地會說出索性坐坐到天亮的話來。像這一種可寶貴的記憶，像這一種最深沉的情調，本來也就是一生中不能夠多享受幾次的曇花佳境，可是若不是在北平的冬天的夜裏，那趣味也一定不會得像如此的悠長。

總而言之，北平的冬季，是想賞識賞識北方異味者之唯一的機會；這一季裏的好處，這一季裏的瑣事雜憶，若要詳細地寫起來，總也有一部《帝京景物略》那麼大的書好做；我只記下了一點點自身的經歷，就覺得過長了，下面只能再來略寫一點春和夏以及秋季的感懷夢境，聊作我的對這日就淪亡的故國的哀歌。

春與秋，本來是在什麼地方都屬可愛的時節，但在北平，卻與別的地方也有點兒兩樣。北國的春，來得較遲，所以時間也比較得短。西北風停後，積雪漸漸地消了，趕牲口的車夫身上，看不見那件光板老羊皮的大襖的時候，你就得預備著遊春的服飾與金錢；因爲春來也無信，春去也無蹤，眼睛一眨，在北平市內，春光就會得同飛馬似的溜過。屋內的爐子，剛拆去不久，說不定你就馬上得去叫蓋涼棚的才行。

而北方春天的最值得記憶的痕跡，是城廂內外的那一層新綠，同洪水似的新綠。北京城，本來就是一個只見樹木不見屋頂的綠色的都會，一踏出九城的門戶，四面的黃土坡上，更是雜樹叢生的森林地了；在日光裏顫抖著的嫩綠的波浪，油光光，亮晶晶，若是神經系統不十分健全的人，驟然間身入到這一個淡綠色的海洋濤浪裏去一看，包管你要張不開眼，立不住腳，而昏厥過去。

北平市內外的新綠，瓊島春陰，西山挹翠諸景裏的新綠，真是一幅何等奇偉的外光派的妙畫！但是這畫的框子，或者簡直說這畫的畫布，現在卻已經完全掌握在一隻滿長著黑毛的巨魔的手裏了！北望中原，究竟要到哪一日才能夠重見得到天日呢？

從地勢緯度上講來，北方的夏天，當然要比南方的夏天來得涼爽。在北平城裏過夏，實在是並沒有上北戴河或西山去避暑的必要。一天到晚，最熱的時候，只有中午到午後三四點鐘的幾個鐘頭，晚上太陽一下山，總沒有一處不是涼陰陰要穿單衫才能過去的；半夜以後，更是非蓋薄棉被不可了。而北平的天然冰的便宜耐久，又是夏天住過北平的人所忘不了的一件恩惠。

我在北平，曾經過過三個夏天；像什剎海，菱角溝，二閘等暑天遊耍的地方，當然是都到過的；但是在三伏的當中，不問是白天或是晚上，你只教有一張藤榻，搬到院子裏的葡萄架下或藤花陰處去躺著，吃吃冰茶雪藕，聽聽盲人的鼓詞與樹上的蟬鳴，也可以一點兒也感不到炎熱與薰蒸。而夏天最熱的時候，在北平頂多總不過九十四五度，這一種大熱的天氣，全夏頂多頂多又不過十日的樣子。

在北平，春夏秋的三季，是連成一片；一年之中，彷彿只有一段寒冷的時期，和一段比較得溫暖的時期相對立。由春到夏，是短短的一瞬間，自夏到秋，也只覺得是過了一次午睡，就有點兒涼冷起來了。因此，北方的秋季也特別的覺得長，而秋天的回味，也更覺得比別處來得濃厚。前兩年，因去北戴河回來，我曾在北平過過一個秋，在那時候，已經寫過一篇《故都的秋》，對這北平的秋季頌讚過了一遍了，所以在這裏不想再來重複；可是北平近郊的秋色，實在也正像是一冊百讀不厭的奇書，使你愈翻愈會感到興趣。

秋高氣爽，風日晴和的早晨，你且騎著一匹驢子，上西山八大處或玉泉山碧雲寺去走走看；山上的紅柿，遠處的煙樹人家，郊野裏的蘆葦黍稷，以及在驢背上馱著生果進城來賣的農戶佃家，包管你看一個月也不會看厭。春秋兩季，本來是到處都好的，但是北方的秋空，看起來似乎更高一點，北方的空氣，吸起來似乎更乾燥健全一點。而那一種草木搖落，金風肅殺之感，在北方似乎也更覺得要嚴肅，淒涼，沉靜得多。你若不信，你且去西山腳下，農民的家裏或古寺的殿前，自陰曆八月至十月下旬，去住它三個月看看。古人的「悲哉秋之為氣」以及「胡笳互動，牧馬悲鳴」的那一種哀感，在南方是不大感覺得到的，但在北平，尤其是在郊外，你真會得感至極而涕零，思千里兮命駕。所以我說，北平的秋，才是真正的秋；南方的秋天，不過是英國話裏所說的Indian Summer或叫作小春天氣而已。

統觀北平的四季，每季每節，都有它的特別的好處；冬天是室內飲食奄息的時期，秋天是郊外走馬調鷹的日子，春天好看新綠，夏天飽受清涼。至於各節各季，正當移換中的一段時間哩，又是別一種情趣，是一種兩不相連，而又兩都相合的中間風味，如雍和宮的打鬼，淨業庵的放燈，豐台的看芍藥，萬牲園的尋梅花之類。

五六百年來文化所聚萃的北平，一年四季無一月不好的北平，我在遙憶，我也在深祝，祝她的平安進展，永久地為我們黃帝子孫所保有的舊都城。

杭江小歷紀程

一九三三年十一月九日，星期四，晴爽。

前數日，杭江鐵路車務主任曾蔭千氏，介友人來談，意欲邀我去浙東遍遊一次，將耳聞目見的景物，詳告中外之來浙行旅者，並且通至玉山之路軌，已完全接就，將於十二月底通車，同時路局刊行旅行指掌之類的書時，亦可將遊記收入，以資救濟Baedeker式的旅行指南之乾燥。我因來杭枯住日久，正想乘這秋高氣爽的暇時，出去轉換轉換空氣，有此良機，自然不肯輕易放過，所以就與約定於十一月九日渡江，坐夜車起行。

午後五時，趕到三廊廟江邊，正夕陽暗曖，蕭條垂暮的時候。在碼頭稍待，知約就之陳萬里郎靜山二先生，因事未來。登輪渡江，尚見落日餘暉，蕩漾在波頭山頂，就隨口念出了：「落日半江紅欲紫，幾星燈火點西興」的兩句打油腔。渡至中流，向大江上下一展望，立時便感到了一種莫名其妙的愉快，大約是因近水遙山，視界開擴了的緣故；「心曠神怡」的四字在這裏正可以適用，向晚的錢塘江上，風景也正夠得人留戀。

到江邊站晤曾主任，知陳、郎二先生，將於十七日來金華，與我們會合，因五泄、北山諸處，陳先生都已到過，這一回不想再去跋涉，所以夜飯後登車，車座內只有我和曾主任兩人而已。

兩人對坐著，所談者無非是杭江路的歷史和經營的苦心之類。

緣該路的創設，本意是在開發浙東；初擬的路線，是由杭州折向西南，遵錢塘江左岸，經富陽、桐廬、建德、蘭溪、龍游、衢縣、江山而達江西之玉山，以通信江，全線約長三百零五公里。後因大江難越，山洞難開，就改成了目下的路線，自錢塘江右岸西興築起，經蕭山、諸暨、義烏、金華、湯溪、龍游、衢縣、江山，仍至江西之玉山，計長三百三十三公里；又由金華築支線以達蘭溪，長二十二公里。建築經費，因鑒於中央財政之拮据，就先由地方設法，暫作爲省營的鐵路。省款當然也不能應付，所以只能向管理中英庚款董事會及滬杭銀行團等商借款項，以資挹注。正唯其資本籌借之不易，所以建築、設備等事項，也不得不力謀省儉，勉求其成。計自民國十八年籌備開始以來，因省政府長官之更易而中斷之年月也算在內，僅僅於兩三年間，築成此路。而每公里之平均費用，只三萬餘元，較之各國有鐵路，費用相差及半，路局同人的苦心計畫，也真可以佩服的了。

江邊七點過開車，達諸暨是在夜半十點左右。車站在城北兩三里的地方，頭一夜宿在諸暨城內。

諸暨 五泄

十一月十日，星期五，晴快。

昨晚在夜色微茫裏到諸暨，只看見了些空空的稻田，點點的燈火，與一大塊黑黝黝的山影。今晨六時起床，出旅館門，坐黃包車去五泄，雖只晨光晞暝，然已略能辨出諸暨縣城的輪廓。城西里許有一大山障住，向西向南，餘峰綿亙數十里，實爲胡公台，亦即所謂長山者是。長山之所以稱胡公台者，因長山中之一峰陶朱山頭，有一個胡公廟在，是祀明初胡大將軍大海的地方。五泄在縣西六十里，屬靈泉鄉，所以我們的車子，非出北門，繞過胡公台的山腳，再朝西去不行。

出城將十里，到陶山鄉的十里亭，照例黃包車要驗票，這也是諸暨特有的一種組織。因爲黃包車公司，是一大集股的民營機關，所有鄉下的行車道路，全係由這公司所修築；車夫只須覓保去拉，所得車資，與公司分拆，不拉休息者不必出車租；所以坐車者，要先向公司去照定價買票，以後過一程驗一次，雖小有耽擱，但比之上海杭州各都市的討價還價，卻簡便得多。

過陶山鄉，太陽升高了，照出了五色繽紛的一大平原，烏桕樹剛經霜變赤，田裏的二次遲稻——大半是糯穀——有的尚未割起，映成幾片金黃，遠近的小村落，晨炊正忙，上面是較天色略白的青煙，而下面卻是受著陽光帶一些些微紅的白色高牆。長山的連峰，繚繞在西南，北望青山一發，牽延不斷，按縣志所述，應該是杭烏山的餘脈，但據車夫所說，則又是最高峰雞冠山拖下來的峰巒。

從十里亭起，八里過大唐廟，四里過福緣橋，橋頭有合溪亭，一溪自五泄西來，一溪又自南至，到此合流。又三里到草塔，是一大鎮，盡可以抵得過新登之類的小縣城，市的中心，建有數排矮屋，爲鄉民集市之所，形狀很像大都市內的新式菜場。草塔居民多趙姓，所以趙氏宗祠，造得很大，市上當然又有一驗票處。過此是五泉庵，遙望楊家漊塔，數里到避水嶺，已經是五泄的境界了。

避水嶺上，有一個廟，廟外一亭，上書「第一峰」三字。嶺下北面，就是五泄溪。登嶺西望，低窪處，又成一谷，五泄的勝景，到此才稍稍露出了面目；因爲過嶺的一條去路，是在山邊開出，向右手下望谷中，有紅樹青溪，像一個小小的公園。嶺西山腳下，兀立著一塊岩石，狀似人形，車夫說：

「這就是石和尙，從前近村人家娶媳婦，這和尙總要先來享受初夜權，後來經村人把和尙頭鑿了，才不再作怪。」

大約縣志上所說的留仙石，上鐫有「謝元卿結茅處」六字的地方，總約略在這一塊石壁的近旁。

自第一峰——避水嶺——起，西行多小山，過一程，就是一環山，再過一程，又是一個阪；人家點點，山影重重，且時常和清流澈底的五泄溪或合或離，令人有重見故人之感。過西牆弄的橋邊，至裏塢下朱，眼界又一廣；經徐家山下，到青口鎭，黃包車就不能走了，自青口至五泄的十餘里，因爲溪水縱橫，山路逼仄，車路不很容易修建，所以再往前進，就非步行或坐轎子不可。

自青口去，渡溪一轉彎，就到夾岩。兩壁高可百丈，兀立在溪的南北，一線淸溪，就從這岩層很清的絕壁底下流過。仰起來看看岩頭，只覺得天的小，俯下去看看水，又覺得溪的顏色有點清裏帶黑，大約是岩壁過高，壁影覆在水面上的緣故。我雖則沒有到過萊茵、多瑙的河邊，但立在夾岩中間，回頭一望，卻自然而然的想起了學習德文的時候，在海涅的名詩《洛來拉兮》篇下印在那裏的那張美國課本上的插畫。

夾岩北壁中，有一個大洞，洞中間造了一個廟，這廟的去路，是由夾岩寺後的絕壁中間開鑿出來的。我們爬了半天，滑跌了幾次，手裏各捏了兩把冷汗，幾乎喘息到回不過氣來，才到了洞口；到洞一望，方覺悟到這一次爬山的真不值得。因爲從谷底望來，覺得這洞是很高，但到洞來一看，則頭上還是很高的石壁，而對面的那塊高岩，依舊同照壁似的障在目前，展望不靈，只看見了幾絲在谷底裏是很不容易見到的日光而已。

從夾岩西北進，兩三里路中間，是五泄的本山了；一步一峰，一轉一溪，山峰的尖削，奇特，深幽，靈巧，從我所經歷過的山水比較起來，只有廣東肇慶以西的諸峰岩，差能和它們比比，但秀麗怕還不及幾分。

好事的文人，把五泄的奇岩怪石，一枝枝都加上了一個名目，什麼石佛岩啦，檀香窟啦，朝陽峰，碧玉峰，滴翠峰，童子峰，老人峰，獅子峰，卓筆峰，天柱峰，棋盤峰，……峰啦，多到七十二峰，二十五岩，一洞，三谷，十石，等等，真像是小學生的加法算學課本，我辨也辨不清，抄也抄不盡了，只記一句從前徐文長有一塊石碣，刻著「七十二峰深處」的六字，嵌在五泄永安禪寺的壁上——現在這石碣當然是沒有了——其餘的且由來遊的人自己去尋覓擬對吧！

五泄寺，就是永安禪寺，照志書上說，是唐元和三年靈默禪師之所建。後來屢廢屢興，名字也改了幾次，這些考據家的專門學問，我們只能不去管它；可是現在的寺的組織，卻真有點奇怪。寺裏的和尚並不多，吃肉營生——造紙種田——同俗人一點兒也沒有分別，只少了幾房妻妾，不生小孩，買小和尚來繼承的一事，和俗人小有不同。當家和尚，叫做經理，我們問知客的那位和尚以經理僧在哪裏呢？他又回答說：上市去料理事務去了。寺的規模雖大，但也都坍敗得可以，大雄寶殿，山門之類，只略具雛形，惟獨所謂官廳的那一間客廳，還整潔一點，上面掛著有一塊劉墉寫的「雙龍湫室」的舊匾，四壁倒也還有許多字畫掛在那裏。

在客廳西旁的一間小室裏吃過飯後，和尚就陪我們去看五泄；所謂五泄者，就是五個瀑布的意思，土人呼瀑布為泄，所以有這一個名稱。最下的第五泄，就在寺後西北的坐山腳下，離寺約有三百多步樣子，高一二十丈，寬只一二丈，因為天晴得久了，泄身不廣，看去也只是一個平常的瀑布而已。奇怪的是在這第五泄上面的第一，二，三，四各泄，一道溪泉，從北面西面直流下來，經過幾折山岩，就各成了樣子、水量、方向各不相同的五個瀑布。我們爬山過嶺，走了半天，才看見了一，二，三的三個瀑布，第四泄卻怎麼也看不到。凡不容易見到的東西，總是好的，所以遊客各以見到了第四泄為誇，而徐霞客、王思任等做的遊記，也寫得它特別的好而不易攀登。總之，五泄原是奇妙，可是五泄的前後上下，一路上的山色溪光，我覺得更是可愛。至如西龍潭——我們所去的地方，即五泄所在之處，名東龍潭——的更幽更險，第一泄上劉龍子廟前的自成一區，北上山巔，站在響鐵嶺嶺頭眺望富陽紫閬的疏散高朗，那又是錦上之花，弦外之音了，尤其是寺前去西龍潭的這一條到浦江的路上的風光，真是畫也畫不出來，寫也寫不盡言的。

上面曾說起了劉龍子的這一個名字，所謂劉龍坪者，是五泄山中的一區特異的世外桃源。坪上平坦：有十幾廿畝內外的廣闊，但四周圍卻都是高山，是山上之山，包圍得緊緊貼貼；一道溪泉，從山後的紫閬流來，由北向西向南，復折回來，在坪下流過，成了第一泄的深潭；到了這裏，古人的想像力就起了作用，創造出神話來了；萬曆《紹興府志》說：

晉時劉姓一男子，釣於五泄溪，得驪珠吞之，化龍飛去，人號劉龍子。其母墓在撞江石山，每清明龍子來展墓，必風雨晦暝；墓上松兩株，至今奇古可愛，相傳為龍子手植云。

同這一樣的傳說，凡在海之濱，山之瀑，與夫湖水江水深大的地方，處處都有，所略異者，只名姓年代及成龍的原因等稍有變易而已。

我們因爲當天要趕到縣城，以後更有至閩邊贛邊去的預定，所以在五泄不能過夜，只走馬看花，匆匆看了一個大概；大約窮奇探勝，總要三五日的工夫，在五泄寺打館方行，這麼一轉，是不能夠領略五泄的好處的。出寺從原路回來，從青口再坐黃包車跑回縣治，已經是暗夜的七點鐘了；

這一晚又在原旅館住了一宵。

諸暨　苧蘿村

十一月十一日，星期六，晴朗如前。

昨夜因遊倦了，並去諸暨城隍廟國貨商場的遊藝部看了一些戲，所以起來稍遲。去金華的客車，要近午方開，八點鐘起床後，就出南門上苧蘿山去偷閒一玩。出城行一二里，在五湖閘之下，有一小山，當浦陽江的西岸，就是白陽山的支峰苧蘿山，山西北面是苧蘿村，是今古聞名的美人西施的生地。有人說，西施生在江的東面金雞山下鄭姓家，係由蕭山遷來的客民之女，外祖母在江的西面姓施，西施寄住在外祖母家，所以就生長在苧蘿村裏。幼時常在江邊浣紗，至今苧蘿山下，江邊石上，還有晉王羲之寫的「浣紗」兩字，因此，這一段江就名作浣紗溪。古今來文人墨客，題詩的題詩，考證的考證，聚訟紛紜，到現在也還沒有一個判決，婦人的有關國運，易惹是非，類都如此。

苧蘿山，係浣紗江上的一枝小山，溪水南折西去，直達浦江，東面隔江望金雞山，對江可以談話。苧蘿山上進口處有「古苧蘿村」四字的一塊小木牌坊，進去就是西施廟，朝東面江，南面新建一閣，名北閣，中供西施石刻像一尊。經營此廟者，爲邑紳清孝廉陳蔚文先生，廟中懸掛著的匾額對聯石刻之類，都是陳先生的手筆。最妙者，是幾塊刻版的拓本，內載乩盤開沙時，西施降壇的一段自白，辯西施如何的忠貞兩美，與夫范蠡獻西施，途中歷三載生子及五湖載去等事的誣衊不通。廟前有洋樓三棟，本為圖書館，現在卻已經鎖起不開了。

管西施廟的，是一位中老先生。這位先生，是陳氏的親戚，很能經營。陪我們入座之後，獻茶獻酒，殷勤得不得了；最後還拿出幾張紙來，要我們留一點墨蹟。我於去前山看了未完成的烈士墓及江邊鐫有「浣紗」兩字的浣紗石後，就替他寫了一副對，一張立軸。對子上聯是定公詩「百年心事歸平淡」，下聯是一句柳亞子先生題我的《薇蕨集》的詩，「十載狂名換苧蘿」。亞子一生，唯慕龔定庵的詭奇豪逸，而我到此地，一時也想不出適當的對句，所以勉強拉攏了事，就集成了此聯。立軸上寫的，是一首急就的絕句：

> 五泄歸來又看溪，浣紗遺跡我重題，
> 陳郎多事搜文獻，施女何妨便姓西。

暗中蓋也有一點故意在和陳先生搗亂的意思。

玩苧蘿山回來，十一點左右上杭江路客車，下午三點前，過義烏。車路兩旁的青山沃野，原美麗得不可以言喻，就是在義烏的一段，夕陽返照，紅葉如花，農民駕使黃牛在耕種的一種風情，也很含有著牧歌式的畫意；倚窗呆望，擁鼻微吟，我就哼出了這樣的二十八字：

駱丞草檄氣堂堂，殺敵宗爺更激昂，
別有風懷忘不得，夕陽紅樹照烏傷。

駱賓王，宗澤，都是義烏人。而義烏金華一帶係古烏傷地，是由秦孝子顏烏的傳說而來的地名。

下午三點過，到金華，在金華雙溪旁旅館內宿，訪舊友數輩，明日約共去北山。

金華 北山

十一月十二日，星期日，晴。

金華的地勢，實在好不過。從浙江來說，它差不多是坐落在中央的樣子。山脈哩，東面是東陽義烏的大盆山的餘波，爲東山區域；南接處州，萬山重疊，統名南山；西面因有衢港錢塘江的水流密布，所以地勢略低；金華江蜿蜒西行，合於蘭溪，爲金華的唯一出口，從前鐵道未設的時候，蘭溪就是七省通商的中心大埠。北面一道屏障，自東陽大盆山而來，綿亙三百餘里，雄鎭北郊，遙接著全城的煙火，就是所謂金華山的北山山脈了。

北山的名字，早就在我的腦裏縈繞得很熟，尤其是當讀《宋學師承》及《學案》諸書的時候，遙想北山的幽景，料它一定是能合我們這些不通世故的蠹書蟲口味的。所以一到金華，就去訪北山整理委員會的諸公，約好於今日清晨出發；繩索，汽油燈，火炬，電筒，食品之類，統托中國旅行社的姜先生代為辦好，今早出迎恩門北去的時候，七點鐘還沒有敲過。

北山南面的支峰距城只二十里左右，推算起北山北面的山腳，大約總在七八十里以外了；我們一出北郊，腰際被曉煙纏繞著的北山諸頂，就劈面迎來，似在監視我們的行動。芙蓉峰尖若錐矢，插在我們與北山之間，據說是縣治的主脈。十里至羅店，是介在金華與北山正中的一大村落。居民於耕植之外，更喜蒔花養鹿，半當趣味，半充營業，實在是一種極有風趣的生涯。花多株蘭，茉莉，建蘭，亦栽佛手；據村中人說，這些植物，非種入羅店之泥不長，非灌以雙龍之泉不發，佛手樹移至別處，就變作一拳，指爪不分了。

自羅店至北山，還有十里，漸入山區，且時時與自雙龍洞流出的溪水並行；路雖則崎嶇不平，但風景卻同嚼蔗近根時一樣，漸漸地加上了甜味。到華溪橋，就已經入了山口，右手一峰，於竹葉楓林之內，時露著白牆黑瓦，山頂上還有人家。導遊者北山整理委員黃君志雄，指示著說：

「這就是自望峰，東下是鹿田，相傳宋玉女在這近邊耕稼，畜鹿，能入城市貿易，村民邀而殺之，鹿遂不返，玉女登峰自望，因有此名，玉女之墳，現在還在。」

這真是多麼美麗的傳說啊！一個如花的少女，一隻馴良的花鹿，銜命入城，登峰遙望，天色晚了，鹿不回來，一聲聲的愁嘆，一點點的淚痕，最後就是一個抑鬱含悲的死！

過白望峰後，路愈來愈窄，亦愈往上斜，一面就是萬丈的深溪，有幾處泡沫飛濺，像六月裏的冰花；溪裏面的石塊，也奇形怪狀，圓滑的圓滑，扁平的扁平，我想若把它們搬到了城裏，則大的可以鑲嵌作屏風裝飾，小的也可以做做小孩的玩物。可是附近的居民，於見慣之後，倒也並不以為希奇了。沿溪入山，走了一二里的光景，就遇著了一塊平地，正當溪的曲處；立在這一塊地上，東西北三面的北山蒼翠，自然是接在眉睫之間，向南遠眺，且可以看見南山的一排青影，北山整理委員會的在此建佛壽亭，識見也真不錯；只亭未落成，不能在亭上稍事休息，卻是恨事。從這裏再往前進，山路愈窄亦愈曲，不及二里，就到了洞口的小村，雙龍洞離這村子，只有百餘步路了，我們總算已經到了我們的目的地點。

北山長三百餘里，東西裏外數十餘峰，溪澗，池泉，瀑布，山洞，不計其數；但爲一般人所稱道，凡遊客所必至，與夫北山整理委員會第一著著手整理之處，就是道書所說的「第三十六洞天」的朝真，冰壺，雙龍的山洞。三洞之中，朝真最大，亦最高，洞係往上斜者，非用梯子，不能窮其底，中爲冰壺，下爲雙龍。

我們到雙龍洞，已將十一點鐘。外洞高二十餘丈，廣深各十餘丈，洞口極大，有東西兩口，所以洞內光線明亮，同在屋外一樣。整理委員會正在動工修理，並在洞旁建造金華觀，洞中變成了作場的樣子；看了些碑文、石刻之後，只覺得有點偉大而已，另外倒也說不出什麼的奇特。洞中間，有一道清泉流出，歲旱不涸，就是所謂雙龍泉水，溯泉而進，是內洞了。

原來這一條泉水，初看似乎是從地底湧出來似的，水量極大；再仔細一看，則泉上有一塊絕大的平底岩石覆在那裏，離水面只數寸而已。用了一隻浴盆似的小木船，人直躺在船底，請工人用繩索從水中岩石底推挽過去，岩石幾乎要擦傷鼻子，推進一二丈路，岩石盡，而大洞來了，洞內黑到了能見夜光表的文字，這就是裏洞。

裏洞高大和外洞差仿不多，四壁琳琅，都是鐘乳岩石；點上汽油燈一照，洞頂有一條青色一條黃色的岩紋突起，絕像平常畫上的龍，龍頭龍爪龍身，和畫絲毫不爽，青龍自東北飛舞過來，黃龍自西北蜿蜒而至。向西鑽過由鐘乳石結成的一道屏壁間的小門，內進曲折，有一里多深；兩旁石壁，青白黃色的都有，形狀也歪斜迭皺，有像象身的，有像獅子的，有像鳳尾的，有像千縷萬線的女人的百襇裙的，更有一塊大石像烏龜的；導遊的黃君，一一都告訴我了些名字，可惜現在記不清了。這裏洞內一里多深的路，寬廣處有三五丈，狹的地方，也有一二丈。沿外壁是一條溪泉，水聲淙淙，似在奏樂；更至一處離地三尺多高的小岩穴旁，泉水直瀉出來，形成了一個盆景裏的小瀑布。洞的底裏，有一處又高又圓方的石室，上視室頂，像一個鐘乳石的華蓋，華蓋中央，下垂著一個球樣的皺紋岩。

這裏洞的兩壁，唐宋人的題名石刻很多，我所見到的，以慶曆四年的刻石為最古。石室內的岩上，且有明萬曆年間遊人用墨寫的「臥雲」兩字題在那裏，墨色鮮豔，大家都疑它是僞塡年月的，但因洞內空氣不流通，不至於風化，或者是眞的也很難說。清人題壁，則自乾隆以後，絕對沒有了，蓋因這裏洞，自那時候起，爲泥沙淤塞了的緣故。這一次舊洞新闢，我們得追徐霞客之蹤，而來此遊覽者，完全要感謝北山整理委員會各委員的苦心經營，而黃委員志雄的不辭勞瘁，率先入洞，致有今日，功尤不小。

在洞裏玩了一個多鐘頭，拓了二張慶曆四年的題名石刻，就出來在外洞中吃午飯；飯後更上山，走了二三百步，就到了中洞的冰壺洞口。

冰壺洞，口極小，俯首下視。只在黑暗中看得出一條下斜的絕壁和亂石泥沙。弓身從洞口爬入，以長繩繫住腰際，滑跌著前行，則愈下愈難走，洞也愈來得高大。

前行五六十步，就在黑暗中聽得出水聲了，再下去三四十步，臉上就感得到點點的飛沫。再下降前進三五十步，洞身忽然變得極高極大，飛瀑的聲音，振動得耳膜都要發癢。瀑布約高十丈左右，懸空從洞頂直下，瀑身下廣，瀑布下也無深潭，也無積水，所以人可以在瀑布的四周圍行走。走到瀑布的背後，旋轉身來，透過瀑布，向上向外一望，則洞口的外光，正射著瀑布，像一條水晶的簾子，這實在是天下的奇觀，可惜下洞的路不便，來遊者都不能到底，一看這水晶簾的絕景。

總之冰壺洞像一隻平常吃淡芭菇的煙斗，口小而下大。在底下裝煙的煙斗正中，又懸空來了一條不靠石壁流下的瀑布。人在大煙斗中走上瀑布背後，就可以看見煙嘴口的外光。瀑布沖下，水全被沙石吸去，從沙石中下降，這水就流出下面的雙龍洞底，成爲雙龍泉水的水源。

因爲在冰壺洞裏跌得全身都是爛泥沙漬，並且腳力也不繼了，所以最上面的朝真洞沒有去成。據說三洞之中，以朝真洞爲最大，但係一層一層往上進的，所以沒有梯子，也難去得。我想山的奇偉處，經過了冰壺雙龍的兩洞，也總約略可以說說了，捨朝真而不去，也並沒有什麼大的遺憾。

在北山回來的路上，我們又折向了東，上芙蓉峰西的鳳凰山智者寺去看了一回陸放翁寫的《重修智者廣福禪寺碑記》。碑面風化，字跡已經有一大半剝落，唯碑後所刻的陸務觀致智者玘公禪師手牘，還有幾塊，尙辨認得清。寺的衰頹坍毀，和徐霞客在《遊記》裏所說的情形一樣；三百年來，這寺可又經過了一度滄桑了。

北山的古蹟名區，我們只看了十分之一，單就這十分之一來說，可已經是奇特得不得了了；但願得天下泰平，身體康健，北山整理會諸公工作奮進，則每歲春秋佳日，當再約伴重來，可以一盡鹿田，盤泉，講堂洞，羅漢洞，臥羊山，赤松山，洞箬山，白蘭山諸地的勝槪。

蘭溪 橫山

十一月十三日，星期一，晴快。

昨晚因遊北山倦了，所以早睡，半夜夢醒，覺得是身睡在山洞的中間，就此一點，也可以證明山洞給我的印象的深刻。

晨起匆匆整裝，上車站坐軌道汽車去蘭溪。走了個把鐘頭，車只是在沿了北山前進，蓋金華山的西頭，要到蘭溪才盡，而東頭的金華山，則已於前日自諸暨來金華時火車繞過。此次南來，總算繞了金華山一匝，雖然事極平常，但由我這初次到浙東來遊的野人看來，卻也可以同小孩子似的向人誇說了。

在蘭溪吃過午飯，就出西門江邊，雇了一隻小船，划上隔江西南面的橫山蘭陰寺去。這橫山並不高，也不長，狀似稜形，從東面蘭溪市上看來，一點兒也沒有什麼可取，但身到了此山，在東頭靈源廟前上船，繞過南面一條沿江的山道，到蘭陰寺前的小峰上去一望，就覺得風景的清幽瀟灑，斷不是富春江的只有點兒高遠深靜的山容水貌所能比得上的了。先讓我來說明一下這橫山的地勢，然後再來說它的好處。

衢港遠自南來，至蘭溪而一折，這橫山的石岩，就憑空突起，擋住了衢港的衝。東面呢，又是一條金華江水，迤邐西傾，到了蘭溪南面，繞過縣城，就和衢港接成了一個天然的直角。兩水合並，流向北去，就是蘭溪江，建德江，再合徽港，東北流去成了富春錢塘的大江。所以橫山一朵，就矗立在三江合流的要衝，三面的遠山，腳下的清溪，東南面隔江的紅葉，與正東稍北蘭溪市上的人家，無不一一收在眼底，像是掛在四面用玻璃造成的屋外的水彩畫幅。更有水彩畫所畫不出來的妙處哩，你且看看那些青天碧水之中，時時在移動上下的一面一面的同白鵝似的帆影看，彩色電影裏的外景影片，究竟有哪一張能夠比得上這裏？還有一層好處，是在這橫山的去蘭溪市的並不很遠。以路來講，大約只不過三五里路的間隔，以到此地來遊的時間來說，則只須有兩個鐘頭，就可以把蘭溪的全市及附近的勝景，霎時遊望盡了。

橫山上有一個靈源廟，在東頭山腳，前面已經說過了；朝南的山腰裏，還有一個蘭陰寺，說是正德皇帝到過的地方，現在寺前石壁裏，還有正德御筆的「蘭陰深處」四個大字刻在那裏；寺上面一層，是一個觀音閣，說是尼姑的庵；最上是山頂，一個鐘樓，還沒有建造成功哩。

大抵的遊客，總由杭江路而至蘭溪，在蘭溪一宿，看看花船，第二天就匆匆就道，去建德桐廬，領略富春江的山水，對於這近在目前的橫江，總只隔江一望，棄而不顧，實在是一件大可惋惜的事情。大約橫山因外貌不佳，所以不能引人入勝，「蓬門未識綺羅香」，貧女之嘆，在山水中間也是一樣。

晚上有人請客，在三角洲邊，江山船上吃晚飯。蘭溪人應酬，大抵在船上，與在菜館裏請客比較起來，價並不貴，而菜味反好，所以江邊花事，會歷久不衰。從前在建德桐廬富陽聞家堰一帶，直至杭州，各埠都有花舫，現在則只剩得蘭溪衢州的幾處了，九姓漁船，將來大約要斷絕生路。

蘭溪 洞源

十一月十四日，星期二，晴朗。

去蘭溪東面的洞源山遊。

出蘭溪城，東繞大雲山脚，沿路軌落北，十里過楊清橋，遵溪向北向東，五里至山口，三里至洞源山之棲真寺。寺是一個前朝的古刹，下有趙太史讀書處，書堂後面有一方泉水，名天池；寺右側，直立著一塊岩石，名飛來峰，這些都還平常；洞源山的出名，也是和北山一樣，係以洞著的。

這山當然是北山的餘脈，山石也都是和北山一系的石灰水成岩，所以洞窟特別的多。寺前山下石灰窯邊上，有湧雪洞，泉水溢出，激石成沫，狀似湧雪，也是一個奇觀，但我們因領路者不在，沒有到。

寺後禿山叢裏，有呵呵洞，因洞中有瀑布，呵呵作響，故名。再上山二里，有無底洞，是走不到底的。更西去里餘，爲白雲洞。

我們因爲在北山已經見識過山洞的奇偉了，所以各洞都沒有進去，只進了一個在山的最高處的白雲洞。白雲洞洞口並不小，但因有一塊大石橫覆在口上，所以看去似乎小了，這石的面積，大約有三四丈長，一二丈寬，斜覆在洞口的正中，絕似一隻還巢的飛燕。進洞行數十步，路就曲折了起來，非用火炬照著不能前進，略斜向下，到底也有里把路深。洞身並不廣，最寬的地方，不過兩三丈而已，但因洞身之窄，所以仰起頭來看看洞頂，覺得特別的高，毛約約，大約可有二三十丈。洞頂洞壁，都是白色的鐘乳層，中間每嵌有一塊一塊的化石；鐘乳層紋，一套一套像雲也像煙，所以有白雲洞的名稱。這洞雖比不上北山三洞的規模浩大，但形勢卻也不同，在蘭溪多住了一天，看了這一個洞，算來也還值得。

棲真寺後殿，有藏經樓，中藏有明代《大藏經》半部，紙色裝潢完好如新，還有半部，則在太平天國的時候毀去了。大殿的佛座下，嵌有明代諸賢的題詩石碣，葉向高的詩碣數方，我們自己用了半日的工夫，把它拓了下來。

飯後向寺廊下一走，殿外壁上看見了傅增湘先生的朱筆題字數行，更向壁間看了許多近人的題詠，自己的想附名勝以傳不朽的卑劣心也起來了，因而就把昨夜在蘭溪做的一個臭屁，也放上了牆頭：

紅葉清溪水急流，蘭江風物最宜秋，
月明洲畔琵琶響，絕似潯陽夜泊舟。

放的時候，本來是有兩個，另一個為：

阿奴生小愛梳妝，屋住蘭舟夢亦香，
望煞江郎三片石，九姑東去不還鄉。

聞江山的江郎山，有三片千丈的大石，直立山巔，相傳是江郎兄弟三人入山成仙後所化。花船統名江山船，而世上又只傳有望夫石，絕未聞有望妻者，我把這兩個故事拉在一處，編成小調，自家也還覺得可以成一個小玩意兒，但與棲真寺的牆壁太無關了，所以不寫上去。

龍游 小南海

十一月十五日，星期三，仍晴。

晨起出旅館，上蘭溪東城的大雲山攬勝亭去跑了一圈。山上山下有兩個塔，上塔在倉聖廟前，下塔在江邊同仁寺裏。南面下山就是蘭溪的義渡，過江上馬公嘴去的；自蘭溪去龍游的公共汽車站，就在江的南岸。

午前十點鐘上汽車去龍游（按當日我係由蘭溪繞道至龍游，所以坐的是公共汽車；如果由杭州前往，可乘火車直達，不必再換汽車），正午到，在旅館中吃午飯後就上城北五里路遠的小南海去瞻望竹林禪寺。寺在鳳凰山上，俗呼童檀山，下有茶圩村，隔瀫水和東岸的觀音前村相對。瀫水西溪和龍游江的上游諸水，盤旋會合在這鳳凰山下，所以沿水岸再向北，一二里路，到一突出的岩頭上——大約是瀫波亭的舊址——去向南遠望，就可以看得出衢州的千岩萬壑和近鄉的煙樹溪流，這又是一幅王摩詰的山水橫額。溪中岩石很多，突出在水底，了了可見，所以水上時有縠紋，兩岸的白沙青樹，倒影水中，和縠紋交互一織，又像是吳綾蜀錦上的縱橫繡跡。小南海的氣概並不大，竹林禪院的歷史也並不古——是光緒二十七年辛丑僧妙壽所建，新舊《龍游縣志》都不載——但纖麗的地方，卻有點像六朝人的小品文字。

明湯顯祖過鳳凰山，有一首詩，載在《縣志》上：

繫舟猶在鳳凰山，千里西江此日還，
今夜銷魂在何處，玉岑東下一重灣。

我也在這貂後續上了一截狗尾：

縠水磯頭半日遊，亂山高下望衢州，
西江兩岸沙如雪，詞客曾經此繫舟。

題目是《鳳凰山懷湯顯祖》。

夜在龍游宿，並且還上城隍廟去看了半夜為募捐而演的戲。龍游地方銀行的吳、姜諸公，約於明日中午去吃龍游的土菜，所以三疊石，烏石山等遠處，是不能去了。

浙東景物紀略

方岩紀靜

方岩在永康縣東北五十里。自金華至永康的百餘里，有公共汽車可坐，從永康至方岩就非坐轎或步行不可；我們去的那天，因為天陰欲雨，所以在永康下公共汽車後就都坐了轎子，向東前進。十五里過金山村，又十五里到芝英，是一大鎮，居民約有千戶，多應姓者；停轎少息，雨愈下愈大了，就買了些油紙之類，作防雨具。再行十餘里，兩旁就有起山來了，峰岩奇特，老樹縱橫，在微雨裏望去，形狀不一，轎夫一一指示說：「這是公婆岩，那是老虎岩，……老鼠梯」等等，說了一大串，又數里，就到了岩下街，已經是在方岩的腳下了。

凡到過金華的人，總該有這樣的一個經驗，在旅館裏住下後，每會有些著青布長衫，文質彬彬的鄉下先生，來盤問你：

「是否去方岩燒香的？這是第幾次來進香了？從前住過哪一家？」

你若回答他說是第一次去方岩，那他就會拿出一張名片來，請你上方岩去後，到這一家去住宿。這些都是岩下街的房頭，像旅店而又略異的接客者。遠在數百里外，就有這些派出代理人來兜攬生意，一則也可以想見一年到頭方岩香市之盛，一則也可以推想岩下街四五百家人家，競爭的激烈。

岩下街的所謂房頭，經營旅店業而專靠胡公廟吃飯者，總有三五千人，大半係程、應二姓，文風極盛，財產也各可觀，房子都係三層樓。大抵的情形，下層係建築在谷裏，中層沿街，上層爲樓，房間一家總有三五十間，香市盛的時候，聽說每家都患人滿。香客之自紹興、處州、杭州及近縣來者，爲數固已不少，最遠者，且有自福建來的。

從岩下街起，曲折再行三五里，就上山；山上的石級是數不清的，密而且峻，盤旋環繞，要走一個鐘頭，才走得到胡公廟的峰門。

胡公名則，字子正，永康人，宋兵部侍郎，嘗奏免衢、婺二州民丁錢，所以百姓感德，立廟祀之。胡公少時，曾在方岩讀過書，故而廟在方岩者爲老牌真貨。且時顯靈異，最著的，有下列數則：

宋徽宗時，寇略永康，鄉民避寇於方岩，岩有千人坑，大藤懸掛，寇至緣藤而上，忽見赤蛇嚙藤斷，寇都墜死。

盜起清溪，盤踞方岩，首魁夜夢神飲馬於岩之池，平明池涸，其徒驚潰。

洪楊事起，近鄉近村多遭劫，獨方岩得無恙。

民國三年，嵊縣鄉民，慕胡公之靈異，造廟祀之，乘昏夜來方岩盜胡公頭去，欲以之造像，公夢示知事及近鄉農民，屬捉盜神像頭者，盜盡就逮。是年冬間嵊縣一鄉大火，凡預聞盜公頭者皆燒失。翌年八月該鄉民又有二人來進香，各斃於路上。

類似這樣的奇蹟靈異，還數不勝數，所以一年四季，方岩香火不絕，而尤以春秋為盛，朝山進香者，絡繹於四方數百里的途上。金華人之遠旅他鄉者，各就其地建胡公廟以祀公，雖然說是迷信，但感化威力的廣大，實在也出乎我們的意料之外，這是就方岩的盛名所以能遠播各地的一近因而說的話；至於我們的不遠千里，必欲至方岩一看的原因，卻在它的山水的幽靜靈秀，完全與別種山峰不同的地方。

方岩附近的山，都是絕壁陡起，高二三百丈，面積周圍三五里至六七里不等。而峰頂與峰腳，面積無大差異，形狀或方或圓，絕似碩大的撐天圓柱。峰岩頂上，又都是平地，林木叢叢，簇生如髮。峰的腰際，只是一層一層的沙石岩壁，可望而不可登。間有瀑布奔流，奇樹突現，自朝至暮，因日光風雨之移易，形狀景像，也千變萬化，捉摸不定。山之偉觀到此大約是可以說得已臻極頂了吧？

從前看中國畫裏的奇岩絕壁，皴法皺迭，蒼勁雄偉到不可思議的地步，現在到了方岩，向各山略一舉目，才知道南宗北派的畫山點石，都還有未到之處。在學校裏初學英文的時候，讀到那一位美國清教作家何桑的《大石面》一篇短篇，頗生異想，身到方岩，方知年幼時的少見多怪，像那篇小說裏所寫的大石面，在這附近真不知有多多少少。我不曾到過埃及，不知沙漠中的Sphinx比起這些岩畫來，又該是誰兄誰弟。尤其是天造地設，清幽岑寂到令人毛髮悚然的一區境界，是方岩北面相去約二三里地的壽山下五峰書院所在的地方。

北面數峰，遠近環拱，至西面而南偏，絕壁千丈，成了一條上突下縮的倒覆危牆。危牆腰下，離地約二三丈的地方，牆腳忽而不見，形成大洞，似巨怪之張口，口腔上下，都是石壁，五峰書院，麗澤祠，學易齋，就建築在這巨口的上下齶之間，不施椽瓦，而風雨不到。更奇峭者，就是這絕壁的忽而向東南的一折，遞進而突起了固厚，瀑布、桃花、覆釜、雞鳴的五個奇峰，峰峰都高大似方岩，而形狀顏色，各不相同。立在五峰書院的樓上，只聽得見四圍飛瀑的清音，仰視天小，鳥飛不渡，對視五峰，青紫無言，向東展望，略見白雲遠樹，浮漾在楔形闊處的空中。一種幽靜、清新、偉大的感覺，自然而然地襲向人來；朱晦翁、呂東萊、陳龍川諸道學先生的必擇此地來講學，以及一般宋儒的每喜利用山洞或風景幽麗的地方作講堂，推其本意，大約總也在想借了自然的威力來壓制人欲的緣故，不看金華的山水，這種宋儒的苦心是猜不出來的。

初到方岩的一天，就在微雨裏遊盡了這五峰書院的周圍，與胡公廟的全部。廟在岩頂，規模頗大，前前後後，也有兩條街，許多房頭，在蒙胡公的福蔭；一人成佛，雞犬都仙，原是中國的舊例。胡公神像，是一位赤面長鬚的柔和長者，前殿後殿，各有一尊，相貌裝飾，兩都一樣，大約一尊是預備著於出會時用的。我們去的那日，大約剛逢著了廢曆的十月初一，廟中前殿戲臺上在演社戲敬神。台前簇擁著許多老幼男女，各流著些被感動了的隨喜之淚，而戲中的情節說辭，我們竟一點兒也不懂；問問立在我們身旁的一位像本地出身，能說普通話的中老紳士，方知戲班是本地班，所演的爲《殺狗勸妻》一類的孝義雜劇。

從胡公廟下山，回到了宿處的程××店中，則客堂上早已經點起了兩枝大紅燭，擺上了許多大肉大雞的酒菜，在候我們吃晚飯了；菜蔬豐盛到了極點，但無魚少海味，所以味也不甚適口。

第二天破曉起來，仍坐原轎繞靈岩的福善寺回永康，路上的風景，也很清異。

第一，靈岩也係同方岩一樣的一枝突起的奇峰，峰的半空，有一穿心大洞，長約二三十丈，廣可五六丈左右，所謂福善寺者，就係建築在這大山洞裏的。我們由東首上山進洞的後面，通過一條從洞裏隔出來的長弄，出南面洞口而至寺內，居然也有天王殿、韋馱殿、觀音堂等設置，山洞的大，也可想見了。南面四山環抱，紅葉青枝，照耀得可愛之至；因爲天晴了，所以空氣澄鮮，一道下山去的曲折石級，自上面瞭望下去，更覺得幽深到不能見底。

下靈岩後，向西北的繞道回去，一路上盡是些低昂的山嶺與旋繞的清溪。經過園內有兩株數百年古柏的周氏祠廟，將至俗名耳朵嶺的五木嶺口的中間，一段溪光山影，景色真像是在畫裏；西南處州各地的遠山，呼之欲來，回頭四望，清入肺腑。

過五木嶺，就是一大平原，北山隱隱，已經看得見橫空的一線，十五里到永康，坐公共汽車回金華，還是午後三四點鐘的光景。

爛柯紀夢

晉王質，伐木至石室中，見童子四人彈琴而歌，質因倚柯聽之。童子以一物如棗核與質，質含之便不復饑。俄頃，童子曰：「其歸！」承聲而去，斧柯摧然爛盡。既歸，質去家已數十年，親情凋落，無復向時比矣。

這傳說，小時候就聽到了，大約總是喜歡念佛的老祖母講給我們孩子聽的神仙故事。和這故事聯合在一起的，還有一張習字的時候用的方格紅字，叫作「王子去求仙，丹成入九天，山中方七日，世上已千年。」我的所以要把這些兒時的記憶，重新喚起的原因，不過想說一句這故事的普遍流傳而已。是以樵子入山，看神仙對弈，斧柯爛盡的事情，各處深山裏都可以插得進去，也真怪不得中國各地，有爛柯的遺跡至十餘處之多了。但衢州的爛柯山，卻是《道書》上所說的「青霞第八洞天」，亦名「景華洞天」的所在，是大家所公認的這爛柯故事的發源本土，也是從金華來衢州遊歷的人非到不可的地方，故而到衢州的翌日，我們就出發去遊柯山（**衢州人叫爛柯山都只稱柯山**）。

十月陽和，本來就是小春的天氣，可是我們到爛柯山的那天，覺得比平時的十月，還更加和暖了幾分。所以從衢州的小南門出來，打桑樹桕樹很多的田野裏經過，一路上看山看水，走了十六七里路後，在仙壽亭前渡沙步溪，一直到了石橋寺即寶岩寺的腳下，向寺後山上一個通天的大洞看了一眼的時候，方才同從夢裏醒轉來的人一樣，整了一整精神。爛柯山的這一根石梁，實在是偉大，實在是奇怪。

出衢州的南門的時候，眼面前只看得出一排隱隱的青山而已；南門外的桑麻野道，野道旁的池沼清溪，以及牛羊村集，草舍蕉田，風景雖則清麗，但也並不覺得特別的好。可是在仙壽亭前過渡的瞬間，一看那一條澄清澈底的同大江般的溪水，心裏已經有點發癢似的想叫起來了，殊不知入山三里，在青蔥環繞著的極深奧的區中，更來了這巨人撐足直立似的一個大洞；立在山下，遠遠望去，就可以從這巨人的胯下，看出後面的一灣碧綠碧綠的青天，雲煙縹緲，山意悠閒，清通靈秀，只覺得是身到了別一個天地；一個在城市裏住久的俗人，忽入此境，那能夠叫他不目瞪口呆，暗暗裏要想到成仙成佛的事情上去呢？

石橋寺，即寶岩寺，在爛柯山的南麓，雖說是梁時創建的古剎，但建築卻已經摧毀得不得了了。寺後上山，踏石級走里把路，就可以到那條石梁或石橋的洞下；洞高二十多丈，寬三十餘丈，南北的深約三五丈，真像是懸空從山間鑿出來的一條石橋，不過平常的橋梁，決沒有這樣高大的橋洞而已。石橋的上面，仍舊是層層的岩石，洞上一層，也有中空的一條石縫，爬上去俯身一看，是可以看得出天來的，所謂一線天者，就係指這一條小縫而言。再上去，是石橋的頂上，平坦可以建屋，從前有一個塔，造在這最高峰上，現在卻只能看出一堆高高突起的瓦礫，塔是早已傾圮盡了。

石橋下南洞口，有一塊圓形岩石蹲伏在那裏，石的右旁的一個八角亭，就是所謂遲日亭。這亭的高度，總也有三五丈的樣子，但你若跑上北面離柯山略遠的小山頂上去瞭望過來，只覺得是一堆小小的木堆，塞在洞的旁邊。石橋洞底壁上，右手刻著明郡守楊子臣寫的「爛柯仙洞」四個大字，左手刻著明郡守李遂寫的「天生石梁」四個大字，此外還有許多小字的題名記載的石刻，都因為沙石岩容易風化的緣故，已經剝落得看不清楚了。石橋洞下，有十餘塊斷碑殘碣，縱橫堆疊在那裏。三塊宋碑的斷片，字跡飛舞雄偉，比黃山谷更加有勁。可惜中國人變亂太多，私心太重，這些舊跡名碑，都已經斷殘缺裂到了不可收拾的地步。《爛柯山志》編者，在金石部下有一段記事說：

名碑古物之毀於兵燹，宜也；但爛柯山之金石，不幸竟三次被毀於文人，豈非怪事？所謂文人的毀碑，有兩次是因建寺而將這些石碑抬了去填過屋基，有一次係一不知姓名者來寺拓碑，拓後便私自將那些較古的碑石鑿斷敲裂，使後人不復有再見一次的機會。

爛柯山南麓，在上山去的石級旁邊，還有許多翁仲石馬，亂倒在荒榛漫草之中。翻《爛柯山志》一查，才知道明四川巡撫徐忠烈公，葬在此地，俗稱徐天官墓者，就是此處。

在柯山寺的前前後後，賞玩了兩三個鐘頭，更在寺裏吃了一頓午飯，我們就又在暖日之下，和做夢似地回到了衢州，因為衢州城裏還有幾處地方，非去看一下不可。

一是在豆腐鋪作場後面的那座天王塔。

二是城東北隅吳征虜將軍鄭公舍宅而建的那個古刹祥符寺。

三是孔子家廟，及廟內所藏的子貢手刻的楷木孔子及夫人丌官氏像。

這三處當然是以孔廟和楷木孔子像最爲一般人所知道，數千年來的國寶，實在是不容易見到的希世奇珍。

陪我們去孔廟的，是三衢醫院的院長孔熊瑞先生，係孔子第七十三代的裔孫。楷木像藏在孔廟西首的一間樓上；像各高尺餘，孔子是朝服執圭的一個坐像，丌官夫人的也是一樣的一個，但手中無圭。兩像顏色蒼黑，刻劃遒勁，決不是近代人的刀勢。據孔先生告訴我們的話，則這兩圖素來就說是出於端木子貢之手刻，宋南渡時由衍聖公孔端友抱負來衢，供在家廟的思魯閣上；即以來衢州後的年限來說，也已經有八九百年的歷史了。孔子像的面貌，同一般的畫像並不相同，兩眼及鼻子很大，顴骨不十分高，鬚分三掛，下垂及拱起的手際，耳朵也比常人大一點兒。孔子的一個圭，一掛鬚，及一隻耳朵，已經損壞了，現在的係後人補刻嵌入的，刀法和刻紋，與原刻的一比，顯見得後人的筆勢來得軟弱。

孔廟正中殿上，尚有孔子塑像一尊，東西兩廡，各有遷衢始祖衍聖公孔端友等的塑像數尊，西首思魯閣下，還有石刻吳道子畫的孔子像碑一塊；一座家廟，形式格局，完全是聖廟的大成至聖先師之殿。我雖則還不曾到過曲阜，但在這衢州的孔廟內巡視了一下，閉上眼睛，那座聖地的殿堂，彷彿也可以想像得出來了。

衢州西安門外，新河沿下的浮橋邊，原也有江幹的花市在的，但比到蘭溪的江山船，要遜色得多，所以不紀。

仙霞紀險

從衢州南下，一路上迎送著的有不斷的青山，更超過幾條水色藍碧的江身，經一大平原，過雙塔地，到一區四山圍抱的江城，就是江山縣了。

江山是以三片石的江郎山出名的地方，南越仙霞關，直通閩粵，西去玉山，便是江西；所謂七省通衢，江山實在是第一個緊要的邊境。世亂年荒，這江山縣人民的提心吊膽，打草驚蛇的狀況，也可以想見的了；我們南來，也不過想見識見識仙霞關的險峻，至於採風訪俗，玩水遊山，在這一個年頭，卻是不許輕易去嘗試的雅事，所以到江山的第二日一早，我們就急急地雇了一輛汽車，馳往仙霞關去。

在南門外的汽車站上車，三里就到俗名東嶽山，有一塊老虎岩，並一座明嘉靖年間建置的塔在的景星山下；南行二十里，遠遠望得見沖天的三塊巨岩江郎山，或合或離，在東面的群山中跳躍；再去是淤頭，是峽口，是仙霞嶺的區域了，去江山雖有八九十里路程，但汽車走走，也只走了兩三個鐘頭的樣子。

仙霞嶺的面貌，實在是雄奇偉大得很！老遠看來，就是那麼高那麼大的這排百里來長的仙霞山脈，近來一看，更覺得是不見天日了。東西南的三面，彎裏有彎，山上有山；奇峰怪石，老樹長藤，不計其數；而最曲折不盡，令人方向都分辨不出來的，是新從關外二十八都築起，沿龍溪、化龍溪兩支深山中的大水而行的那條通江山的汽車公路。

五步一轉彎，三步一上嶺，一面是流泉渦漩的深坑萬丈，一面又是鳥飛不到的絕壁千尋。轉一個彎，變一番景色，上一條嶺，闢一個天地，上上下下，去去回回，我們在仙霞山中，龍溪岸上，自北去南，因爲要繞過仙霞關去，汽車足足走了有一個多鐘頭的山路。山的高，水的深，與夫彎的多，路的險，不折不扣的說將出來，比杭州的九溪十八澗，起碼總要超過三百多倍。要看山水的曲折，要試車路的崎嶇，要將性命和運命去拚拚，想嘗一嘗生死關頭，千鈞一髮的冒險異味的人，仙霞嶺不可不到，尤其是從仙霞關北麓繞路出關，上關南二十八都去的這一條新闢的汽車公路，不可不去一走。車到關南，行經小竿嶺的那個隘口，近瞰二十八都谷底裏的人家，遠望浦城楓嶺諸峰的青影的時候，我真感到了一種一則以喜一則以懼的說不出的心理；喜的是關後許多險隘，已經被我走過了，懼的是直望山腳的目的地二十八都，雖然是只離開了一程拋石的空間，但山坡陡削，直衝下去，總也還有二三千尺的高度。這時候回頭來看看仙霞關，一條石級鋪得像蛇腹似的曩時的鳥道，卻早已高高隱沒在雲霧與樹木的中間了。

從小竿嶺的隘口下來，盤旋回繞，再走了三四十分鐘，到仙霞關外第一口的二十八都去一看，忽然間大家的身上又起了一層雞皮的細粒。

太陽分明是高照在那裏，天色當然是蒼蒼的，高大的人家的住屋，也一層一層的排列著在，但是人哩，活的生動著的人哩，人都到哪裏去了呢？

許許多多的很整齊的人家，窗戶都是掩著的，門卻是半開半閉，或者竟全無地空空洞洞同死鱸魚的口嘴似的張開在那裏。踏進去一看，地下只散亂鋪著有許多稻草。腳步聲在空屋裏反射出來的那一種響聲，自己聽了也要害怕。忽而索落落屋角的黑暗處稻草一動，偶爾也會立起一個人來，但只光著眼睛，向你上下一打量，他就悄悄的避開了。你若追上去問他一句話呢，他只很勉強地站立下來，對你又是光著眼睛的一番打量，搖搖頭，露一臉陰風慘慘的苦笑，就又走了，回話是一句也不說的。

我們照這樣的搜尋空屋，搜尋了好幾處，才找到了一所基幹隊駐紮在那裏的處所。守衛的兵士，對我們起初當然也是很含有疑懼的一番打量，聽了我們的許多說明之後，他才開口說：「昨晚上又有謠言。居民是自從去年九月以來，早就搬走了。在這裏要吃一頓飯，是很不容易，因為豆腐青菜都沒有人做，但今天早晨，隊長是已經接到了江山胡站長的信，飯大約總在預備了吧？」說了，就請我們上大廳去歇息。我們看到了這一種情形，聽到了那一番話，食欲早就被恐怖打倒了，所以道了一聲隊長萬福，跳上車子，轉身就走。

重回到小竿嶺的那個隘口的時候，幾刻鐘前曾經盤問我們過，幸虧有了陳萬里先生的那個徽章證明，才安然放我們過去的那位捧大刀的守衛兵，卻笑著對我們說：「你們就回去了麼？」回來一過此口，已經入了安全地帶，我們的膽子也大起來了，就在龍溪邊上，一處叫作大塢的溪橋旁邊下了車，打算爬上山去，親眼去看一看那座也可以說是一夫當關，萬夫莫開，宋史浩方把石路鋪起來的仙霞關口。一面，叫空車子仍遵原路，繞到仙霞關北相去五里的保安村去等候我們，好讓我們由關南上嶺，關北下山，一路上看看風景。

據書上的記載，則仙霞嶺高三百六十級，凡二十四曲，有五關，×十峰等等，我們因爲是從半腰裏上去的，所以所走的只是關門所在的那一段。

仙霞關，前前後後，有四個關門。第二關的邊上，將近頂邊的地方，有一座新築的碉樓在那裏，據陪我們去遊的胡站長說，江山近旁，共有碉樓四十餘處，是新近才築起來的，但汽車路一開，這些碉樓，這座雄關，將來怕都要變成些虛有其名的古蹟了。

仙霞關內嶺頂，有一座霞嶺亭，亭旁住著一家人家，從前大約是守關官吏的住所，現在卻只剩了一位老人，在那裏賣茶給過路的行人。

北面出關，下嶺里許，是一個關帝廟。規模很大，有觀音閣、浣霞池亭等建築，大約從前的閩浙官吏來往，總是在這廟內寄宿的無疑。現在東面浣霞池的亭上，還有許多周亮工的過關詩，以及清初諸名宦的唱和詩碣，嵌在石壁的中間。

在關帝廟裏喝了一碗茶，買了些有名的仙霞關的綠茶茶葉，晚霞已經圍住了山腰，我們的手上臉上都感覺得有點潮潤起來了，大家就不約而同的叫了出來說：

「啊！原來這些就是仙霞！不到此地，可真不曉得這關名之妙喂！」

下嶺過溪，走到溪旁的保安村裏，坐上車子，再探頭出來看了一眼曾經我們走過的山嶺，這座東南的雄鎮，卻早已羞羞怯怯，躲入到一片白茫茫的仙霞懷裏去了。

冰川紀秀

冰川是玉山東南門外環城的一條大溪，我們上玉山到這溪邊的時候，因為杭江鐵路車尚未通，是由江山坐汽車繞廣豐，直驅了二三百里的長路，好容易才走到的。到了冰溪的南岸來一看，在衢州見了顏色兩樣的城牆時所感到的那種異樣的，緊張的空氣，更是迫切了；走下汽車，對手執大刀，在浮橋邊檢查行人的兵士們偷拋了幾眼斜視，我們就只好決定不進城去，但在冰川旁邊走走，馬上再坐原車回去江山。

玉山城外是由這一條天生的城河冰溪環抱在那裏的，東南半角卻有著好幾處雁齒似的浮橋。浮橋的腳上，手捧著明晃晃的大刀，肩負著黃蒼蒼的馬槍，在那裏檢查入城證、良民證的兵士，看起來相貌都覺得是很可怕。

從冰川第一樓下繞過，沿堤走向東南，一塊大空地，一個大森林，就是郭家洲了。武安山障在南邊，普寧寺、鶴嶺寺接在東首。單就這一角的風景來說，有山有水，還有水車、磨房、漁梁、石坳、水閘、長堤，凡中國畫或水彩畫裏所用得著的各種點景的品物，都已經齊備了；在這樣小的一個背景裏，能具備著這麼些個秀麗的點綴品的地方，我覺得行盡了江浙的豫地，也是很不多見的。而尤其是出乎我們的意料之外的，是郭家洲這一個三角洲上的那些樹林的疏散的逸韻。

郭家洲，從前大約也是冰溪的流水所經過的地方，但時移勢易，滄海現在竟變作了桑田了；那一排疏疏落落的雜樹林，同外國古宮舊堡的畫上所有的那樣的那排大樹，少算算，大約總也已經有了百數歲的年紀。

這一次在漫遊浙東的途中，看見的山也真不少了，但每次總覺得有點美中不足的，是樹木的稀少；不意一跨入了這江西的境界，就近在縣城的旁邊，居然竟能夠看到了這一個自然形成的像公園似的大雜樹林！

城裏既然進不去，爬山又恐怕沒有時間，並且離縣城向西向北十來里地的境界，去走就有點兒危險，萬不得已，自然只好橫過郭家洲，上鶴嶺寺山上的那一個北面的空亭，去遙望玉山的城市了。

玉山城裏的人家，實在整潔得很。沿城河的一排住宅，窗明几淨，倒影溪中，遠看好像是威尼斯市裏的通衢。太陽斜了，城裏頭起了炊煙，水上的微波，也漸漸地帶上了紅影。西北的高山一帶，有一個尖峰突起，活像是倒插的筆尖，大約是懷玉山了吧？

這一回沿杭江鐵路西南直下，千里的遊程，到玉山城外終止了。「冰爲溪水玉爲山！」坐上了向原路回來的汽車，我念著戴叔倫的這一句現成的詩句，覺得這一次旅行的煞尾，倒很有點兒像德國浪漫派詩人的小說。

杭州

杭州的出名，一大半是爲了西湖。而人工的建設，都會的形成，初則是由於唐末五代，武肅王錢鏐（西曆十世紀初期）的割據東南，——「隋朝特創立此郡城，僅三十六里九十步；後武肅錢王，發民丁與十三寨軍卒，增築羅城，周圍七十里許。……」（吳自牧《夢粱錄》卷七）——再則是由於南宋建炎三年（一一二九），高宗的臨安駐蹕，奠定國都。至若唐白樂天與宋蘇東坡的築堤導水，原也有功於杭郡人民，可是僅僅一位醉酒吟詩攜妓的郡守的力量，無論如何，也是不能和帝王匹敵的。

據說，杭州的杭字，是因「禹末年，巡會稽至此，捨航登陸，乃名杭，始見於文字。」（柴虎臣著《杭州沿革大事考》）。因之，我們可以猜想，禹以前，杭州總還是一個澤國。而這一個四千餘年前的澤國，後來爲越爲吳，也爲吳越的戰場，爲東漢的浙江，爲三國吳的富春，爲晉的吳郡，爲隋唐的杭州，兩爲偏安國都，迭爲省治，現在並且成了東南五省交通的孔道，歌舞喧天，別莊滿地，簡直又要恢復南宋當時的首都舊觀了。

我的來住杭州，本不是想上西湖來尋夢，更不是想彎強弩來射潮；不過妻杭人也，雅擅杭音，父祖富春產也，歌哭於斯，葉落歸根，人窮返里，故鄉魚米較廉，借債亦易，——今年可不敢說，——屋租尤其便宜，鎩羽歸來，正好在此地偷安苟活，坐以待亡。搬來住後，歲月匆匆，一眨眼間，也已經住了一年有半了。朋友中間曉得我的杭州住址者，於春秋佳日，旅遊西湖之餘，往往肯命高軒來枉顧。我也因獨處窮鄉，孤寂得可憐，我朋自遠方來，自然喜歡和他們談談舊事，說說杭州。這麼一來，不幾何時，大家似乎已經把我看成了杭州的管鑰，山水的東家；《中學生》雜誌編者的特地寫信來要我寫點關於杭州的文章，大約原因總也在於此。

關於杭州一般的興廢沿革，有《浙江通志》、《杭州府志》、《仁錢縣志》諸大部的書在；關於杭州的掌故，湖山的史蹟等等，也早有了光緒年間錢塘丁申、丁丙兩氏編刻的《武林掌故叢編》、《西湖集覽》，與新舊《西湖志》、《湖山便覽》以及諸大書局大文豪的西湖遊記或西湖遊覽指南諸書，可作參考；所以在這裏，對這些，我不想再來饒舌，以虛費紙面和讀者的光陰。第一，我覺得還值得一寫，而對於讀者，或者也不至於全然沒趣的，是杭州人的性格；所以，我打算先從「杭州人」講起。

第一個杭州人，究竟是哪裡來的？這杭州人種的起源問題，怕同先有雞蛋呢還是先有雞一樣，就是叫達爾文從陰司裏復活轉來，也很不容易解決。好在這些並非是我們的主題，故而假定當杭州這一塊陸土出水不久，就有些野蠻的，好漁獵的人來住了，這些蠻人，我們就姑且當他們是杭州人的祖宗。吳越國人，一向是好戰、堅忍、刻苦、猜忌，而富於巧智的。自從用了美人計，征服了姑蘇以來，兵事上雖則占了勝利，但民俗上卻吃了大虧；喜鬥、堅忍、刻苦之風，漸漸地消滅了。倒是猜忌，使計諸官能，逐步發達了起來。其後經楚威王、秦始皇、漢高帝等的撻伐，杭州人就永遠處入了被征服者的地位，隸屬在北方人的胯下。三國紛紛，孫家父子崛起，國號曰吳，杭州人總算又吐了一口氣，這一口氣，隱忍過隋唐兩世，至錢武肅王而吐盡；不久南宋遷都，固有的杭州人的骨裏，混入了汴京都的人士的文弱血球，於是現在的杭州人的性格，就此決定了。

意志的薄弱，議論的紛紜；外強中乾，喜撐場面；小事機警，大事糊塗；以文雅自誇，以清高自命；只解歡娛，不知振作等等，就是現在的杭州人的特性；這些，雖然是中國一般人的通病，但是看來看去，我總覺得以杭州人爲尤甚。所以由外鄉人說來，每以爲杭州人是最狡猾的人，狡猾得比上海灘上的滑人還要厲害。但其實呢，杭州人只曉得占一點眼前的小利小名，暗中在吃大虧，可是不顧到的。等到大虧吃了，杭州人還要自以爲是，自命爲直，無以名之，名之曰「杭鐵頭」以自慰自欺。生性本是勤而且儉的杭州人，反以爲勤儉是倒楣的事情，是貧困的暴露，是與面子有關的，所以父母教子弟的第一個原則，就是教他們遊惰過日，擺大少爺的架子。等空殼大少爺的架子學成，父母年老，財產蕩盡的時候，這些大少爺們在白天，還要上西湖去逛逛，弄件把長衫來穿穿，餓著肚皮而高使著牙籤；到了晚上上黑暗的地方去跪著討飯，或者扒點東西，倒滿不在乎，因爲在黑暗裏人家看不見，與面子還是無關，而大少爺的架子卻不可不擺。至於做匪做強盜呢，卻不會，決不會，杭州人並不是沒有這個膽量，但殺頭的時候要反綁著手去遊街示眾，與面子有關；最勇敢的杭州人，亦不過做做小竊而已。

唯其是如此，所以現在的杭州人，就永遠是保有著被征服的資格的人；風雅倒很風雅，淺薄的知識也未始沒有，小名小利，一著也不肯放鬆，最厲害的尤其是一張嘴巴。外來的征服者，征服了杭州人後，過不上三代，就也成了杭州人了，於是剃頭者人亦剃其頭，幾十年後，仍復要被新的征服者來征服。照例類推，一年一年的下去。現在殘存在杭州的固有杭州老百姓，計算起來，怕已經不上十個指頭了。

人家說這是因爲杭州的山水太秀麗了的緣故。西湖就像是一位「二八佳人體似酥」的狐狸精，所以杭州決出不出好子弟來。這話哩，當然也含有著幾分真理。可是日本的山水，秀麗處遠在杭州之上；瑞士我不曉得，義大利的風景畫片我們總也時常看見的吧，何以外國人都可以不受著地理的限制，獨有杭州人會陷入這一個絕境去的呢？想來想去，我想總還是教育的不好。杭州的家庭教育，社會教育，學校教育，總非要徹底的改革一下不可。

其次是該講杭州的風俗了。歲時習俗，顯露在外表的年中行事，大致是與江南各省相通的；不過在杭州像婚喪喜慶等事，更加要鋪張一點而已。關於這一方面，同治年間有一位錢塘的范月橋氏，曾做過一冊《杭俗遺風》，寫得比較詳細，不過現在的杭州風俗，細看起來，還是同南宋吳自牧在《夢粱錄》裏所說的差仿不多，因爲杭州人根本還是由那個時候傳下來，在那個時候改組過的人。都會文化的影響，實在真大不過。

一年四季，杭州人所忙的，除了生死兩件大事之外，差不多全是爲了空的儀式；就是婚喪生死，一大半也重在儀式。喪事人家可以出錢去雇人來哭。喜事人家也有專門說好話的人雇在那裏借討采頭。祭天地，祀祖宗，拜鬼神等等，無非是爲了一個架子；甚至於四時的遊逛，都列在儀式之內，到了時候，若不去一定的地方走一遭，彷彿是犯了什麼大罪，生怕被人家看不起似的。所以明朝的高濂，做了一部《四時幽賞錄》，把杭州人在四季中所應做的閒事，詳細列敘了出來。現在我只教把這四時幽賞的簡目，略抄一下，大家就可以曉得吳自牧所說的「臨安風俗，四時奢侈，賞觀殆無虛日」的話的不錯了。

一、春時幽賞：孤山月下看梅花，八卦田看菜花，虎跑泉試新茶，西溪樓啖煨筍，保俶塔看曉山，蘇堤看桃花，等等。

二、夏時幽賞：蘇堤看新綠，三生石談月，飛來洞避暑，湖心亭採蒓，等等。

三、秋時幽賞：滿家巷賞桂花，勝果寺望月，水樂洞雨後聽泉，六和塔夜玩風潮，等等。

四、冬時幽賞：三茅山頂望江天雪霽，西溪道中玩雪，雪後鎮海樓觀晚炊，除夕登吳山看松盆，等等。

將杭州人的壞處，約略在上面說了之後，我卻終覺不得不對杭州的山水，再來一兩句簡單的批評。西湖的山水，若當盆景來看，好處也未始沒有，就是在它的比盆景稍大一點的地方。若要在西湖近處看山的話，那你非要上留下向西向南再走二三十里路不行。從餘杭的小和山走到了午潮山頂，你向四面一看，就有點可以看出浙西山脈的大勢來了。天晴的時候，西北你能夠看得見天目，南面腳下的橫流一線，東下海門，就是錢塘江的出口，龕赭二山，小得來像天文鏡裏的遊星。若嫌時間太費，腳力不繼的話，那至少你也該坐車下江幹，過范村，上五雲山頭去看看隔岸的越山，與錢塘江上游的不斷的峰巒。況且五雲山足，西下是雲棲，竹木清幽；地方實在還可以。從五雲山向北若沿郎當嶺而下天竺，在嶺脊你就可以看到西嶺下梅家塢的別有天地，與東嶺下西湖全面的鏡樣的湖光。

若要再近一點，來玩西湖，我覺得南山終勝於北山，鳳凰山勝果寺的荒涼遠大，比起靈隱、葛嶺來，終覺回味要濃厚一點。

還有北面秦亭山法華山下的西溪一帶呢，如花塢秋雪庵，茭蘆庵等處，散疏雅逸之致，原是有的，可是不懂得南畫，不懂得王維、韋應物的詩意的人，即使去看了，也是毫無所得的。

離西湖十餘里，在拱宸橋的東首，地當杭州的東北，也有一簇山脈彙聚在那裏。俗稱「半山」的臯亭山，不過因近城市而最出名，講到景致，則斷不及稍東的黃鶴峰，與偏北的超山。況且超山下的居民，以植果木為業，舊曆二月初，正月底邊的大明堂外（吳昌碩的墳旁）的梅花，真是一個奇觀，俗稱「香雪海」的這個名字，覺得一點兒也不錯。

此外還有關於杭州的飲食起居的話，我不是做西湖旅行指南的人，在此地只好不說了。

臨平登山記

曾坐滬杭甬的通車去過杭州的人，想來誰也看到過臨平山的一道青嶂。車到了硤石，平地裏就有起幾堆小石山來了，然而近者太近，遠者太小，不大會令人想起特異的關於山的概念。一到臨平，向北窗看到了這眠牛般的一排山影，才彷彿是叫人預備著到杭州去看山看水似地，心裏會突然的起一種變動；覺得杭州是不遠了，四周的環境，確與滬寧路的南段，滬杭甬路的東段，一望平原，河流草舍很多的單調的景色不同了。這臨平山的頂上，我一直到今年，才去攀涉，回想起來，倒也有一點淺淡的佳趣。

臨平不過是杭州——大約是往日的仁和縣管的吧？——的一個小鎮，介在杭州海寧二縣之間，自杭州東去，至多也不到六七十里地的路程。境內河流四繞，可以去湖州，可以去禾郡，也可以去松江上海，直到天邊。因之沿河的兩岸（是東西的）交河的官道（是南北的）之旁，就自然而然地成了一個部落。居民總有八九百家，柳葉菱塘，桑田魚市，麻布袋，豆腐皮，醬鴨肥雞，藕行藕店，算將起來，一年四季，農產商品，倒也不少。在一條丁字路的轉彎角前，並且還有一家青簾搖漾的杏花村——是酒家的雅號，本名彷彿是聚賢樓。——鄉民樸素，禁令森嚴，所以妓館當然是沒有的，旅館也不曾看到，但暗娼有無，在這一個民不聊生民又不敢死的年頭，我可不能夠保。

我們去的那天，是從杭州坐了十點左右的一班慢車去的，一則因爲左近的三位朋友，那一日正值著假期；二則因為有幾位同鄉，在那裏處理鄉村的行政，這幾位同鄉聽說我近來侘傺無聊，篇文不寫，所以請那三位住在我左近的朋友約我同去臨平玩玩，或者可以散散心，或者也可以壯壯膽，不要以為中國的農村完全是破產了，中國人除幾個活大家死之外別無出路了。等因奉此地到了臨平，更在那家聚賢樓上，背曬著太陽喝了兩斤老酒，興致果然起來了，把袍子一脫，我們就很勇猛地說：「去，去爬山去！」

緩步西行（出鎮往西），靠左手走過一個橋洞，在一條長蛇似的大道之旁，遠遠就看得見一座銀匠店頭的招牌那麼的塔，和許多名目也不大曉得的疏疏落落的樹。地理大約總可以不再過細地報告了吧，北面就是那支臨平山，南面豈不又是一條小河麼？我們的所以不從臨平山的東首上山，而必定要走出鎮市——臨平市是在山的東麓的——走到臨平山的西麓去者，原因是為了安隱寺裏的一棵梅樹。

安隱寺，據說，在唐宣宗時，名永興院，吳越時名安平院。至宋治平二年，始賜今名。因為明末清初的那位西泠十子中的臨平人沈去矜謙，好閒多事，做了一部《臨平記》，所以後來的臨平人，也做出了不少的文章，其中最好的一篇，便是安隱寺裏的那棵所謂「唐梅」的梅樹。

安隱寺，在臨平山的西麓，寺外面有一口四方的小井，井欄上刻著「安平泉」的三個不大不小的字。諸君若要一識這安平泉的偉大過去，和沿臨平山一帶的許多寺院的興廢，以及鼎湖的何以得名，孫皓的怎麼亡國（我所說的是天璽改元的那一回事情）等瑣事的，請去翻一翻沈去矜的《臨平記》，張大昌的《臨平記補遺》，或田汝成的《西湖志餘》等就得，我在這裏，只能老實地說，那天我們所看到的安隱寺，實在是坍敗得可以，寺裏面的那一棵出名的「唐梅」，樹身原也不小，但我卻怎麼也不想承認它是一千幾百年前頭的刁鑽古怪鬼靈精。你且想想看，南宋亡國，伯顏丞相，豈不是由臨平而入駐皋亭的麼？那些羊膻氣滿身滿面的元朝韃子，哪裏肯爲中國人保留著這一株枯樹？此後還有清朝，還有洪楊的打來打去，廟之不存，樹將焉附，這唐梅若果是真，那它可真是不怕水火，不怕刀兵的活寶貝了，我們中國還要造什麼飛機高射炮呢？同外國人打起仗來，豈不只教擎著這一棵梅樹出去就對？

在冷氣逼人的安隱寺客廳上吃了一碗茶，向四壁掛在那裏的黴爛的字畫致了一致敬，付了他們四角小洋的茶錢之後，我們就從不知何時被毀去的西面正殿基的門外，走上了山，沿山腳的一帶，太陽光裏，有許多工人，只穿了一件小衫，在那裏劈柴砍樹。我看得有點氣起來了，所以就停住了腳，問他們：「這些樹木，是誰教你們來砍的？」「除了這些山的主人之外還有誰呢？」這回話倒也真不錯，我呆張著目，看看地上縱橫睡著的拳頭樣粗的松杉樹幹，想想每年植樹節日的各機關和要人等貼出來的紅綠的標語傳單，喉嚨頭好像衝起來了一塊麵包。呆立了一會，看看同來的幾位同伴，已經上山去得遠了，就只好屁也不放一個，旋轉身子，狠狠地踏上了山腰，彷彿是山上的泥沙碎石，得罪了我的樣子。

這一口看了工人砍樹伐山而得的氣悶，直到爬上山頂快的時候，才茲吐出。臨平山雖則不高，但走走究竟也有點吃力，喘氣喘得多了，肚子裏自然會感到一種清空，更何況在山頂上坐下的一瞬間，遠遠地又看得出錢塘江一線的空明繚繞，越山隔岸的無數青峰，以及腳下頭臨平一帶的煙樹人家來了呢！至於在滬杭甬路軌上跑的那幾輛同小孩子玩具似的客車，與火車頭上在亂吐的一圈一圈的白煙，那不過是將死風景點一點活的手筆，像馬克白夫婦當行凶的當兒，忽聽到了醉漢的叩門聲一樣，有了原是更好，即使沒有，也不會使人感到缺恨的。

從臨平山頂上看下來的風景，的確還有點兒可取。從前我曾經到過蘭溪，從蘭溪市上，隔江西眺橫山，每感到這座小小的蘭陰山真太平淡，真是造物的浪費，但第二日身入了此山，到山頂去向南向東向西向北的一看，反覺得遊蘭溪者這橫山決不可不到了。臨平山的風景，就同這山有點相像；你遠看過去，覺得臨平山不過是一支光禿的小山而已，另外也沒有什麼奇特，但到山頂去俯瞰下來，則又覺得杭城的東面，幸虧有了它才可以說是完滿。我說這話，並不是因受了臨平人的賄賂，也不是想奪風水先生——所謂堪輿家也——們的生意，實在是杭州的東面太空曠了，有了臨平山，有了皋亭，黃鶴一帶的山，才補了一補缺。這是從風景上來說的話，與什麼臨平湖塞則天下治，湖開則天下亂等倒果爲因的妄揣臆說，卻不一樣。

臨平山頂，自西徂東，曲折高低的山脊線，若把它拉將直來，大約總也有里把路長的樣子。在這里把路的半腰偏東，從山下望去，有一圍黃色的牆頭露出，像煞是巨像身上的一隻木頭似的地方，就是臨平人最愛誇說的龍洞的道觀了。這龍洞，臨平的鄉下人，誰也曉得，說是小康王曾在洞裏避過難。其實呢，這又是以訛傳訛的一篇鄉下文章而已。你猜怎麼著？這臨平山頂，半腰裏原是有一個大洞的。洞的石壁上貼地之處，有「翼拱之凌晨遊此，時康定元年四月八日」的兩行字刻在那裏。小康王也是一個康，康定元年也是一個康，兩康一混，就混成了小康王的避難。大約因此也就成全了那個道觀，龍洞道觀的所以得至今廟貌重新，遊人爭集者，想來小康王的功勞，一定要居其大半。可是沈謙的《臨平記》裏，所說就不同了，現在我且抄一段在這裏，聊以當作這一篇《臨平登山記》的尾巴，因為自龍山出來，天也差不多快晚了，我們也就跑下了山，趕上了車站，當日重復坐四等車回到了杭州的緣故：

仁宗皇帝康定元年夏四月，翼拱之來遊臨平山細礪洞。

謙曰：吾鄉有細礪洞，在臨平山巔，深十餘丈，闊二丈五尺，高一丈五尺，多出礪石，本草所稱「礪石出臨平」者，即其地也；至是者無不一遊，自宋至今，題名者數人而已，然多漶漫不可讀，而攀躋洗剔，得此一人，亦如空谷之足音，跫然而喜矣。

又曰：謙聞洞中題名舊矣，向未見。甲申四月八日，里人例有祈年之舉，謙同友人往探，因得見其真跡。字在洞中東北壁，惟翼字最大，下兩行分書之，微有丹漆，乃里人郭伯邑所潤色，今則剝落殆盡，其筆勢，遒勁如顏真卿格，真奇蹟也。洞西南，又鑿有「竇緘」二字，無年月可考，亦不解其義，意者，遊人有竇姓者邪？至於滿洞鏤刻佛像，或是楊髠靈鷲之餘波也。

（《臨平記》卷一·十九頁）

屯溪夜泊記

屯溪是安徽休寧縣屬的一個市鎮，雖然居民不多，——人口大約最多也不過一二萬——工廠也沒有，物產也並不豐富，但因爲地處在婺源、祁門、黟縣、休寧等縣的眾水匯聚之鄉，下流成新安江，從前陸路交通不便的時候，徽州府西北幾縣的物產，全要從這屯溪出去，所以這個小鎮居然也成了一個皖南的大碼頭，所以它也就有了小上海的別名。「生意興隆通四海，財源茂盛達三江」，這一副最普通的聯語，若拿來贈給屯溪，倒也很可以指示出它的所以得繁盛的原委。

我們的飄泊到屯溪去，是因爲東南五省交通周覽會的邀請，打算去白岳、黃山看一看風景；而又蒙從前的徽州府現在的歙縣縣長的不棄，替我們介紹了一家徽州府裏有名的實在是齷齪得不堪的宿夜店，覺得在徽州是怎麼也不能夠過夜了，所以才夜半開車，闖入了這小上海的屯溪市裏。

雖則是小上海，可究竟和大上海有點不同，第一，這小上海所有的旅館，就只有大上海的五萬分之一。我們在半夜的混沌裏，衝到了此地，投各家旅館，自然是都已經客滿了，沒有辦法，就只好去投奔公安局——這公安局卻是直系於省會的一個獨立機關，是屯溪市上，最大並且也是唯一的行政司法以及維持治安的公署，所以盡抵得過清朝的一個州縣——請他們來救濟，我們提出的辦法，是要他們去爲我們租借一隻大船來權當宿舍。

這交涉辦到了午前的一點，才茲辦妥，行李等物，搬上船後，艙鋪清潔，空氣通暢，大家高興了起來，就交口稱讚語堂林氏的有發明的天才，因為大家搬上船上去宿的這一件事情，是語堂的提議，大約他總也是受了天隨子陸龜蒙或八旗名士宗室寶竹坡的影響無疑。

浮家泛宅，大家聯床接腳，在篾篷底下，洋油燈前，談著笑著，悠悠入睡的那一種風情，倒的確是時代倒錯的中世紀的詩人的行徑。那一晚，因為上船得遲了，所以說廢話說不上幾刻鐘，一船裏就呼呼地充滿了睡聲。

第二天，天下了雨；在船上聽雨，在水邊看雨的風味，又是一種別樣的情趣。因為天雨，旅行當然是不行，並且林、潘、全、葉的四位，目的是只在看看徽州，與自杭州至徽州的一段公路的，白岳黃山，自然是不想去的了，只教天一放晴，他們就打算回去，於是乎我們便有了一天悠閒自在的屯溪船上的休息。

屯溪的街市，是沿水的兩條裏外的直街，至西面而盡於屯浦，屯浦之上是一條大橋，過橋又是一條街，係上西鄉去的大路。是在這屯浦橋附近的幾條街上，由他們屯溪人看來，覺得是完全毛色不同的這一群喪家之犬，盡在那裏走來走去的走。其實呢，我們的泊船之處，就在離橋不遠的東南一箭之地，而寄住在船上，卻有兩件大事，非要上岸去辦不可，就是，一，吃飯，二，大便。

況且，人又是好奇的動物，除了睡眠，吃飯，排泄以外，少不得也要使用使用那兩條腿，於必要的事情之上，去做些不必要的事情；於是乎在江邊的那家飯館延旭樓即紫雲館，和那座公坑所，當然是可以不必說，就是一處販賣破銅爛鐵的舊貨鋪，以及就開在飯館邊上的一家假古董店，也突然地增加了許多顧客。我在舊貨鋪裏，買了一部歙縣吳殿麟的《紫石泉山房集》，語堂在那家假古董店裏，買了些桃核船，翡翠，琥珀，以及許多碎了的白磁。大家回到船上研究將起來，當以兩毛錢買的那些點點的磁片，最有價值，因爲一隻纖纖的玉手，捏著的是一條粗而且長，頭如松菌的東西，另外的一條三角形的尖粽而帶著微有曲線的白柄者，一定是國貨的小腳；這些碎磁，若不是康熙，總也是乾隆，說不定，恐怕還是前朝內府坤寧宮裏的珍藏。仔細研究到後來，你一言，我一語，想入非非，笑成一片，致使這一個水上小共和國裏的百姓們，大家都墮落成了群居終日，專爲不善的小人團。

早午飯吃後，光旦、秋原等又坐了車上徽州去了，語堂、增嘏，歪身倒在床上看書打瞌睡，只有被鬼附著似地神經質的我，在船裏覺得是坐立都不能安，於是乎只好著了雨鞋，張著雨傘，再上岸去，去遊屯溪的街市。

雨裏的屯溪，市面也著實蕭條。從東面有一塊槍斃紅丸犯處的木牌立著的地方起，一直到西盡頭的屯浦橋附近爲止，來回走了兩遍，路上遇著的行人，數目並不很多，比到大上海的中心街市，先施、永安下那塊地方的人海人山，這小上海簡直是鄉村角落裏了。無聊之極，我就爬上了市後面的那一排小山之上，打算對屯溪全市，作一個包羅萬象的高空鳥瞰。

市後的小山，斷斷續續，一連倒也有四五個山峰。自東而西，俯瞰了屯溪市上的幾千家人家，以及人家外圍，貫流在那裏的三四條溪水之後，我的兩足，忽而走到了一處西面離橋不遠的化山的平頂。頂上的石柱石磉石梁，依然還在，然而一堆瓦礫，寸草不生，幾隻飛鳥，只在亂石堆頭慢聲長嘆。我一個人看看前面天主堂界內的雜樹人家，和隔岸的那條同金字塔樣的獅子（俗稱扁擔）石山，覺得陰森森毛髮都有點直豎起來了，不得已就只好一口氣的跳下了這座在屯溪市是地點風景最好也沒有的化山。後來上橋頭的酒店裏去坐下，向酒保仔細一探聽，才曉得民國十八年的春天，宋老五帶領了人馬，曾將這屯溪市的店鋪民房，施行了一次火洗，那座化山頂上的化山大寺，也就是於這個時候被焚化了的。那時候未被燒去而僅存者，只延旭樓的一間三層的高閣和天主堂內的幾間平房而已。

在酒店裏，和他們談談說說，我只吃了一碟炒四件，一斤雜有泥沙的紹興酒，算起賬來，竟被敲去了兩塊大洋，問「何以會這麼的貴？」回答說「本地人都喝的歙酒，紹興酒本來是很貴的。」這小上海的商家，別的上海樣子倒還沒有學好，只有這一個欺生敲詐的門徑，卻學得來青勝於藍了，也無怪有人告訴我說，屯溪市上，無論哪一家大商店，都有討價還價，就連一盒火柴，一封香煙，也有生人熟面的市價的不同。

傍晚四五點的時候，去徽州的大隊人馬回來了，一同上延旭樓去吃過晚飯，我和秋原、增嘏、成章四人，在江岸的東頭走走，恰巧遇見了一位自上海來此的像白相人那麼的汽車小商人。他於陪我們上遊藝場去逛了一遍之餘，又領我們到了一家他的舊識的樂戶人家。姑娘的名號現在記不起來了，彷彿是翠華的兩字，穿著一件黑絨的夾襖，鑲著一個金牙齒，相貌倒也不算頂壞，聽了幾齣徽州戲，喝了一杯祁門茶後，出到了街上，不意斗頭又遇見了三位裝飾時髦到了極頂，身材也窈窕可觀的摩登美婦人。那一位引導者，和她們也似乎是素熟的客人，大家招呼了一下走散之後，他就告訴了我們以她們的身世。她們的前身，本來是上海來遊藝場獻技的坤角，後來各有了主顧，唱戲就不唱了。不到一年，各主顧忽又有了新戀，她們便這樣的一變，變作了街頭的神女。這一段短短的歷史，簡單雖也簡單得很，但可惜我們中間的那位江州司馬沒有同來，否則倒又有一篇《琵琶行》好做了。在微雨黃昏的街上走著，他還告訴了我們這裏有幾家頭等公娼，幾家二等花茶館，幾家三等無名窟，和諢名「屯溪之王」的一家半開門。

回到了殘燈無焰的船艙之內，向幾位沒有同去的詩人們報告了一番消息，餘事只好躺下去睡覺了，但青衫憔悴的才子，既遇著了紅粉飄零的美女，雖然沒有後花園贈金，妓堂前碰壁的兩幕情景，一首詩卻是少不得的；斜依著枕頭，合著船篷上的雨韻，哼哼唧唧，我就在朦朧的夢裏念成了一首：「新安江水碧悠悠，兩岸人家散若舟，幾夜屯溪橋下夢，斷腸春色似揚州。」的七言絕句。這麼一來，既有了佳人，又有了才子，煞尾並且還有著這一個有詩為證的大團圓，一齣屯溪夜泊的傳奇新劇本，豈不就完全成立了麼？

再到桐君山

杭州建德的公共汽車路開後，自富陽至桐廬的一段，我還沒有坐過。每聽人說，釣台在修理了，報上也登著說，某某等名公已經發出募捐啓事，預備爲嚴先生重建祠宇了；但問問自桐廬來的朋友，卻大家都說，嚴先生祠宇的傾頽，釣台山路的蕪窄，還是同從前一樣。祠宇的修不修，倒也沒有多大的問題，回頭把嚴先生的神像供入了紅牆鐵骨的洋樓，使燒香者多添些摩登的紅綠士女，倒也許不是嚴先生的本意。但那一條路，那一條停船上山去的路，我想總還得略爲開闢一下才好；雖不必使著高跟鞋者，亦得拾級而登，不過至少至少總也該使謝皋羽的淚眼，也辨得出路徑來。這是當我沒有重到桐廬去之先的個人的願望，大約在三年以前去過一次釣台的人，總都是這麼在那裏想的無疑。

大熱的暑期過後，浙江內地的旱苗，雖則依舊不能夠復活，但神經衰弱，長年像在患肺病似的我們這些小都會的寄生蟲，一交秋節，居然也恢復了些元氣，如得了再生的中暑病者。秋潮看了，滿家巷的桂花盛時也過了，無風無雨，連晴直到了重陽。秋高蟹壯，氣候雖略嫌不定，但出去旅行，倒也還合適，正在打算背起包裹雨傘，上哪裏去走走，恰巧來了一位一年多不見的老友，於是乎就定下了半月間閒遊過去的計畫。

頭兩天，不消說是在湖上消磨了的，尤其是以從雲棲穿竹徑上五雲山，過郎當嶺而出靈隱的那一天，內容最為充實。若要在杭州附近，而看些重嵐疊嶂，想像想像浙西的山水者，這一條路不可不走。現成的證據，我就可以舉出這位老友來。他的交遊滿天下，歐美日本，歷國四十餘，身產在白山黑水間，中國本部，十八省經過十三四，五嶽匡廬，或登或望，早收在胸臆之中；可是一上了這一條路，朝西看看夕照下的群山，朝南朝東看看明鏡似的大江與西湖，也忘記了疲倦，忘記了世界，唱出了一句「誰說杭州沒有山！」的打油腔。

好書不厭百回讀，好山好水，自然是難得仔細看的。在五雲山上，初嘗了一點點富春江的散文味的這位老友，更定了再溯上去，去尋出黃子久的粉本來的雄圖。

天氣依然還是晴著，腳力亦尚可以對付，汽車也居然借到了，十月二十的早晨九點多鐘，我們就從萬松嶺下駛過，經梵村，歷轉塘，從兩岸的青山巷裏，飛馳而到了富陽縣的西門。富陽本來是我的故里，一縣的山光水色，早在我的許多短篇裏描寫過了；我自然並不覺得怎麼，可是我的那位老友，飯後上了我們的那間松筠別墅的廳房，開窗南望，竟對了定山，對了江帆，對了溶化在陽光裏的遠山簇簇，發了十五六分鐘的呆。

從杭州到富陽，四十二公里，以舊制的驛里來計算，約一九內外；汽車走走，一個鐘頭就可以到，一頓飯倒費去了我們百餘分鐘，我問老友，黃子久看到了這一塊中段，也已經夠了吧？他說：「也還夠，也還不夠。」我的意思，是好花看到半開時，預備勸他回杭州去了，但我們的那位年輕氣銳的汽車夫，卻屈著指頭算給我們聽說：「此去再行百里，兩點半可到桐廬，在桐廬玩一個鐘頭，三點半開車，直駛杭州，六點準可以到。」本來是同野鶴一樣的我們，多看點山水，當然也不會得患食喪之病；汽車只教能行，自然是去的，去的，去去也有何妨。

一出富陽，向西偏南，六十里地的旱程中間，山色又不同了。峰嶺並不成重，而包圍在汽車四周的一帶，卻呈露著千層萬層的波浪。小小的新登縣，本名新城，煙戶不滿千家，城牆像是土堡，而縣城外的小山，小山上的小塔，卻來得特別的多，一條松溪，本來也是很小的，但在這小人國似的山川城廓之中流過，看起來倒覺得很大了。像這樣的一個小縣裏，居然也出了許遠，出了杜建徽，出了羅隱那麼的大人物，可見得山水人物，是不能以比例來算的。文弱的浙西，出個把羅隱，倒也算不得什麼，但那堂堂的兩位武將，自唐歷宋以至吳越，僅隔百年，居然出了這兩位武將，可真有點兒厲害。

車過新登，沿鼉江的一段，風景又變了一變；因路線折向了南，錢塘江隔岸的青山，萬笏朝天，漸漸露起頭角來了。鼉江就是江上常有二氣，因杜建徽、羅隱生而不見的傳說的產地；隔岸的高山，就是孫伯符的祖墓所在，地屬富陽、浦江交界處的天子崗頭。

從此經峴口，過窄溪，沿桐溪大江，曲折迴旋，凡二三十里，直到桐君山的腳下。三面是山，一面是水，風景的清幽，林木的茂盛，石岩的奇妙，自然要比仙霞關、山陽坑更增數倍；不過曲折不如，雄大稍遜，這一點或者不好向由公路到過安徽到過福建的人誇一句大口。

桐君山上的清景，我已於三四年前來過之後速寫過一篇《釣台的春晝》，由愛山愛水的人看來，或者對此真山真水會百看也不至生厭惡之情，但由我這枝破筆寫來，怕重寫不上兩句，就要使人討厭了，因爲我決沒有這樣的本領，這樣的富於變化而生動的筆力。不過有一件事，卻得聲明，前次是月夜來看，這次是夕陽下來看的；我想風雨的中宵，或晴明的早午，來登此處，總也有一番異景，與前次這次我所看見的，完全不同。

桐君山下，桐溪與富春江合流之處，是渡頭了。汽車渡江，更向西南直上，可以抄過富春山的背後，從西面而登釣台。我這次雖則不曾渡江，但在桐君山的殿閣的窗裏，向西望去，只看見有一線的黃蛇，曲折繚繞在夕陽山翠之中；有了這條公路，釣台前面的那個泊船之處以及上山的道路，自然是可以不必修了，因爲從富春山後面攀登上去，據高臨下，遠望望釣台，遠望望釣臺上下的山峽清溪，這飛鷹的下瞰，可以使嚴陵來得更加幽美，更加卓越。這一天晚上，六點多鐘，車回到杭州的時候，我還在癡想，想幾時去弄一筆整款來，把我的全家，我的破書和酒壺等都搬上這桐廬縣的東西鄉，或是桐君山，或是釣臺山的附近去。

雁蕩山的秋月

古人並稱上天臺、雁蕩；而宋范成大序《桂海岩洞志》，亦以爲天下同稱的奇秀山峰，莫如池之九華，歙之黃山，括之仙都，溫之雁蕩，夔之巫峽。大約范成大，沒有到過關中，故終南華山，不曾提及。我們南遊三日，將天臺東北部的高山飛瀑（西部寒岩、明岩未去），略一飛遊——並非坐了飛機去遊，是開特快車遊山之意——之後，急欲去雁蕩，一賞鬼工鐫雕的怪石奇岩，與夫龍湫大瀑，十月二十七日在天臺國清寺門前上車，早晨還只有七點。

自天臺去雁蕩山所在的樂清縣北，要經過臨海、黃岩、溫嶺等縣。到臨海（舊章安城）的東南角巾山山下，還要渡過靈江，汽車方能南駛，現在公路局築橋未竣，過渡要候午潮；所以我們到了臨海之後，倒得了兩三個鐘頭的空，去東湖拜了忠逸樵夫之祠，上巾山的雙塔下，看了華胥洞，黃華丹井——巾山之得名，蓋因黃華升仙，落幘於此——等古蹟，到十二點鐘左右，才乘潮渡過江去。臨海的山容水貌，也很秀麗，不過還不及富春江的高山大水，可以令人悠然忘去了人世。自臨海到黃岩，要經過括蒼山脈東頭的一條大嶺，嶺頭有一個仙人橋站；自後徐經仙人橋至大道地的三站中間，汽車盡在山上曲折旋繞，路線有點像昱嶺關外與仙霞嶺南的樣子；據開車的司機說這一條嶺共有八十四彎，形勢的險峻，也可想而知。

黃岩縣城北，也有一條永江要渡，橋也尚未築成；不過此處水深，不必候潮，所以車子一到，就渡了過去。縣城的東北，江水的那邊，三江口上，更有一枝亭山在俯瞰縣城；半山中有一簇樹，一個白牆頭的廟，在陽光裏吐氣，想來總又是黃岩縣的名勝了，遙望而過。黃岩一縣內，多桔子樹園；樹並不高，而金黃的桔實，都結得累累欲墜，在返射斜陽；車馳過處，風味倒也異樣，很像我年青的時候，在日本紀州各處旅行時的光景。

自黃岩經溫嶺到樂清縣的離大荊城南五里路的地方，村名叫作水積（或名積水，不知是哪二個字？），前臨大海，海中有島，後峙雙旗岡峰，峰中也有疊嶂一排，在暗示著雁蕩的奇峰怪石。遊人到此，已經有點心癢難熬的樣子了，因爲隔一條溪，隔一重山，在夕陽下，早就看得出謝公嶺外老僧送客之類的奇形怪狀的石岩陰影；北來自大溪鎮到此，約有三十餘里的行程。

在雁蕩第一重口外，再渡過那條自石門潭流下來的清溪，西馳七八里，過白溪，到響嶺頭，就是雁蕩東外谷的口子，汽車路築到此地爲止，雁蕩到了。

在口外下車，遠望進去，只看見了幾個巉屼的石峰尖。太陽已經快下山了，我們是由東向西而入谷的，所以初走進去的時候，一眼並不看見什麼。但走了半里多上靈岩寺去的石砌路後，渡過石橋，忽而一變，千千萬萬的奇異石壁，都同天上剛掉下去似的，直立在我們的四周；一條很大很大的溪水，穿在這些絕壁的中間，在向東緩流出來。壁來得太高太陡，天只剩下了狹狹的一條縫，日已下山，光線不似日間的充足。石壁的顏色，又都灰黑，壁縫裏的樹木，也生得屈曲有一種怪相；我們從東外谷走入內谷的七八里地路上，舉頭向前後左右望望，幾乎被脅得連口都不敢開了。山谷的奇突，大與尋常習見的樣子不同，叫人不得不想起詩聖但丁的《神曲》，疑心我們已經跟了那位羅馬詩人，入了別一個境界。

在龍王廟前折向了北去，頭腦裏對於一路上所見的峰嶂的名目，如猴披衣、蓼花嶂、響嵩門、霞嶂洞、聽詩叟、雙鯉峰之類，還沒有整理得清楚，景色一變，眼前又呈出了一幅更清幽、更奇怪、更偉大的畫本。原來這東內谷裏的向北去靈岩寺谷裏的一區，是雁蕩的中心，也是雁蕩山傑作裏的頂點。初入是一條清溪，許多樹木與竹林。再進，劈面就是一排很高很長，像羅馬古蹟似的展旗嶂，崛起在天邊，直掛向地下，後方再高處又是一排屏霞嶂，這屏霞嶂前，左右環抱，盡是一枝一枝的千萬丈高的大石柱，高可以不必說，面積之大周圍也不知有多少里；而最奇的，是這些大柱的頭和腳，大小是一樣的，所以都是絕壁，都是圓柱。小龍湫瀑布，也就在靈岩寺西北的一大石峰上，從頂點直瀉下來的奇景。靈岩寺，看過著很小很小，隱藏在這屏霞嶂腳，頂珠峰、展旗峰、石屏風（全在寺東）與天柱峰、雙鸞峰、捲圖峰、獨秀峰、卓筆峰（全在寺西）等的中間；地位的好，峰岩的多而且奇，只有永康方岩的五峰書院，可以與它比比；但方岩只是偉大了一點，緊湊卻還不及這裏。

靈岩寺的開闢，在宋太平興國四年，僧行亮神昭為其始祖，後屢廢屢興；現在的寺，卻是數年前，由護法者蔣叔南、潘耀庭諸君所募建。蔣君今年夏季去世，潘君現任雁蕩山風景區整理委員，住在寺中；當家僧名成圓，亦由蔣潘諸君自寧波去迎來者，人很能幹，具有實際辦事的手腕。

在靈岩寺的西樓住下之後，天已經黑了。先去請教也住在寺中、率領黃岩中學學生來雁蕩旅行的兩位先生，問我們在雁蕩，將如何的遊法？因爲他們已經在靈岩寺住了三日，打算於明晨出發回黃岩去了。飯後又去請了潘委員來，打聽了一番雁蕩山大概的情形。

雁蕩山的總括，可以約略的先在此地說一說：第一，山在樂清縣東北九十里，係亙立東西的一排連山，東起石門潭，西迄白岩六十里；北自甸嶺，南至斤竹澗口四十里；自東向西，歷來分成東外谷、東內谷、西內谷、西外谷的四部，以馬鞍嶺爲界而分東西。全山周圍，合外境有四百二十里。雁山北部，更有南閣谷、北閣谷二區，以溪分界；南閣南至石柱北至北屛山二里，東至馬嶼，西至會仙峰十六里；北閣村南北二里，東西五里，西北極甸嶺山，爲雁蕩北址。

雁山開山者相傳爲晉諾詎那尊者，凡百有二峰，六十一岩，四十六洞，十八剎，十六亭，十七潭，十三瀑。入遊之路線，有四條：（一）東路從白溪經響嶺頭自東南入谷，就是我們所經之路線。（二）北路由大荆越謝公嶺自東北入谷至嶺峰。（三）南路由小芙蓉經四十九盤嶺自南入谷至能仁寺，從樂清來者率由此。（四）西路從大芙蓉自西南經本覺寺至梅雨潭。

峰之最高者爲百岡尖，高一萬一千五百公尺，雁湖在西外谷連霄嶺上，高九千公尺。①

這雁蕩山的梗概，是根據潘委員的口述，和《廣雁蕩山志》及《雁山全圖》而摘錄下來的；我們因爲走馬遊山，前後只有三日工夫好費，還要包括出發和到著的日期在內，所以許多風景，都只能割愛；晚上就和潘委員在燈下擬定明日只看西石梁的大瀑布，大龍湫瀑，梅雨潭，回至能仁寺午餐。略遊斤竹澗就回靈岩寺宿；出發之日（即第三日），午前一遊淨名寺，至靈峰略看看觀音洞北斗洞等，就出向頭嶺由原路出發回去。北部的絕景，中央的百岡尖當然是不能夠去，就如顯勝門、龍溜等處，一則因無時間，二則因無大路無宿處，也只能等下次再來了。這樣擬定了遊程之後，預期著明天的一天勞頓，我們就老早的爬上了床去。

約莫是午前的三四點鐘，正夢見了許多岩壁，在四面移走攏來，幾乎要把我的渺渺五尺之軀，壓成粉碎的時候，忽而耳邊一陣喇叭聲，一陣嘈雜聲起來了。先以爲是山寺裏起了火，急起披衣，踏上了西樓後面的露臺去一看：既不見火，又不見人，周圍上下，只是同海水似的月光，月光下又只是同神話中的巨人似的石壁，天色蒼蒼，只餘一線，四圍岑寂，遠遠地也聽得見些斷續的人聲。奇異，神秘，幽寂，詭怪，當時的那一種感覺，我真不知道要用些什麼字來才形容得出！起初我以爲還在連續著做夢，這些月光，這些山影，仍舊是夢裏的畸形；但摸摸石欄，看看那枝誰也要被它威脅壓倒的天柱石峰與峰頭的一片殘月，覺得又太明晰，太正確，絕不像似夢裏的神情。

呆立了一會，對這雁蕩山中的秋月頂禮了十來分鐘，又是一陣喇叭聲，一陣整隊出發報名數的號令聲傳過來了，到此我才明白，原來我並不是在做夢，是那一批黃岩中學的學生要出發趕上大溪去坐輪船去了！這一批學生的叫喚，這一批青年的大膽行爲，既救了我夢裏的危急，又指示給我了這一幅清極奇極的雁山夜月的好畫圖，我的心裏，竟莫名其妙的感激起來了，跑下樓去，就對他們的兩位臨走的教師熱烈地握了一回手；送他們出了寺門以後，我並且還在月光下立著，目送他們一個個小影子漸漸地被月光岩壁吞沒了下去。

雁蕩山中的秋月！天柱峰頭的月亮！我想就是今天明天，一處也不遊，便爾回去，也盡可以交代得過去，說一聲「不虛此行」了，另外還更希望什麼呢？所以等那些學生們走後，我竟像瘋子一樣一個人在後面樓外的露臺上呆對著月光峰影，坐到了天明，坐到了日出，這一天正是舊曆九月二十的晚上廿一的清晨。

等同去的文伯，及偶然在路上遇著成一夥的奧倫斯登、科伯爾廠經理畢士敦Mr（H.H.Bernstein）與戴君起來，一齊上轎，到大龍湫的時候，太陽已經升得很高，似在巳午之間了。一路上經下靈岩村、三官殿、上靈岩村，過馬鞍嶺。在左右手看了些五指峰、紗帽峰、老鼠峰、貓峰、觀音峰、蓮台峰、祥雲峰、小剪刀峰之類，形狀都很像，峰頭都很奇；但因爲太多了，到後來幾乎想向在說明的轎夫討饒，請他不要再說，怕看得太多，眼睛裏腦裏要起消化不良之症。

大龍湫的瀑布，在江南瀑布當中真可以稱霸，因爲石壁的高，瀑身的大，潭影的清而且深，實在是江浙皖幾省的瀑布中所少有的。我們到雁蕩之先，已經是旱得很久了。故而一條瀑布，直噴下來，在上面就成了點點的珠玉。一幅真珠簾，自上至地，有三四千丈高，百餘尺闊；岩頭係突出的，簾後可以通人，立在與日光斜射之處，無論何時，都看得出一條虹影。涼風的颯爽，潭水的清澄，和四圍山嶺的重疊，是當然的事情了，在大龍湫瀑布近旁，這些點景的餘文，都似乎喪失了它們的價值，瀑布近旁的摩崖石刻，很多很多，然而無一語，能寫得出這大龍湫的真景。《廣雁蕩山志》上，雖則也載了不少的詩詞歌賦，來詠嘆此景，但是身到了此間，哪裏還看得起這些秀才的文章呢？至於畫畫，我想也一定不能把它的全神傳寫出來的，因爲畫紙決沒有這麼長，而濺珠也決沒有這樣的勻而且細。

出大龍湫，經瑞鹿峰、剪刀峰（側看是一帆峰）下，沿大錦溪過華嚴嶺羅漢寺前，能在石壁的半空中看得出一座石刻的羅漢像。斧鑿的工巧有藝術味，就是由我這不懂雕刻的野人看來，也覺得佩服之至。從此經竹林，過一條很高很長的東嶺，遙望著芙蓉峰、觀音岩等（雁湖的一峰是在東嶺上可以看見的）。繞駱駝洞下面至西石梁的大瀑布。

西石梁是一塊因風化而中空下墜的大石梁，下有一個老尼在住的庵，西面就是大瀑布。這瀑布的高大，與大龍湫瀑布等，但不同之處，是在它的自成一景，在石壁中流。一塊數千丈的石壁，經過了幾千萬年的衝擊，中間成了一個圓形大柱式的空洞，兩面圍抱突出，中間是一數丈寬數千丈高的圓洞，瀑布就從上面沿壁在這空圓洞裏直瀉下來。下面的潭，四壁的石，和草樹清溪，都同大龍湫差仿不多。但西面連山，雁蕩山的西盡頭，差不多就快到了，而這瀑布之上，山頂平處，卻又是一大村落；山上復有山，世外是桃源的情景，正和天臺山的桐柏鄉，曲異而工同。

從西石梁瀑布順原路回來，路上又去看了梅雨潭及潭前的一座含珠峰，仍過東嶺，到了自芙蓉南來經四十九盤嶺可到的能仁寺裏。

這能仁寺在西內谷丹芳嶺下，係宋成平二年僧全了所建。本來是雁蕩山中的最大的叢林，有一宋時的大鐵鍋在可以作證，現在卻蕭條之至，大殿禪房，還都在準備建築中。寺前有燕尾瀑，順溪南流，成斤竹澗，繞四十九盤嶺，可至小芙蓉；這一路路上風景的清幽絕俗，當爲雁山全景之冠，可惜我們沒有時間，只領略了一個大概，就趕回了靈岩寺來宿。

這一天的傍晚，本擬上寺右的天窗洞，寺左的龍鼻水去拜觀靈岩寺的二奇的，但因白天跑了一天，太辛苦了，大家不想再動。我並且還忘不了今晨似的山中的殘月，提議明朝也於三時起床，踏月東下，先去看了靈峰近旁的洞石，然後去響頭嶺就行出發，所以老早就吃了夜飯，老早就上了床。

然而勝地不常，盛筵難再，第二日早晨，雖則大家也忍著寒，拋著睡，於午前三點起了身，可是淡雲蔽月，光線不明；我們真如在夢裏似地走了七八里路，月亮才茲露面。而玩月光玩得不久，走到靈峰谷外朝陽洞下的時候，太陽卻早已出了海，將月光的世界散文化了。不過在殘月下，晨曦裏的靈峰山景，也著實可觀，著實不錯；比起靈岩的緊湊來，只稍稍覺得疏散一點而已。

靈峰寺是在東谷口內向北兩三里地的地方，東越謝公嶺可達大荊。近旁有五老峰、鬥雞峰、幞頭峰、靈芝峰、犀角峰、果盒岩、船岩、觀音洞、北斗洞、苦竹洞、將軍洞、長春洞、響板洞諸名勝，順鳴玉溪北上，三里可達真際寺。寺爲宋天聖元年僧文吉所建，本在靈峰峰下，不知幾百年前，這峰因風化倒了，寺屋盡毀。現在在這到靈峰下的一塊隙地上，方在構木新築靈峰寺。我們先在果盒岩的溪亭上坐了一會，就攀援上去，到觀音洞去吃早餐。

兩岩側向，中成一洞，洞高二三百丈；最上一層，人跡所不能到，但洞中生有大樹一株，係數百年物，枝葉茂盛，從遠處望來，了了可見。下一層是觀音洞的選物場，洞中寬廣，建有大殿，並五百應真的石刻。東面一水下滴成池，叫作洗心泉，旁有明刻宋刻的題名記事碑無數。自此處一層一層的下去，有四五層樓三四百石級的高度；洞的高廣，在雁蕩山當中，以此為最。最奇怪的，是在第三層右手壁上的一個石佛，人立右手洞底，向東南洞口遠望出去，儼然是一座地藏菩薩的側面形，但跑近前去一看，則什麼也沒有了，只一塊突出的方石。上一層的右手壁上還有一個一指物，形狀也極像，不過小得很。

看了靈岩靈峰近邊的峰勢，看了觀音洞（亦名合掌洞）裏的建築及大龍湫等，我們以為雁蕩的山峰岩洞溪瀑等，也已經大略可以想像得出了，所以旁的地方，也不想再去走，只到北斗洞去打了一個電話，叫汽車的司機早點預備，等我們一出谷口，就好出發。

總之，雁蕩本是海底的奇岩，出海年月，比黃山要新，所以峰岩峻削，還有一點銳氣，如山東勞山的諸峰。今年春間，欲去黃山而未果，但看到了黃山前衛的齊雲、白嶽，覺得神氣也有點和靈峰一帶的山岩相像。在迎著太陽走出谷來，上汽車去的路上，我和文伯，更在堅訂後約，打算於明年以兩個月的工夫，去歙縣遊遍黃山，北下太平，上青陽南面的九華。然後出長江，息匡廬，溯江而上，經巫峽，下峨嵋，再東下沿漢水而西入關中，登太華以笑韓愈，入終南而學長生，此行若果，那麼我們的志願也畢，可以永永老死在蓬窗陋巷之中了。

注釋

①按：百岡尖海拔約一一五〇米；雁湖岡海拔約一〇六四米。

超山的梅花

凡到杭州來遊的人，因爲交通的便利，和時間的經濟的關係，總只在西湖一帶，登山望水，漫遊兩三日，便買些土產，如竹籃紙傘之類，匆匆回去；以爲雅興已盡，塵土已經滌去，杭州的山水佳處，都曾享受過了。所以古往今來，一般人只知道三竺六橋，九溪十八澗，或西湖十景，蘇小岳王；而離杭城三五十里稍東偏北的一帶山水，現在簡直是很少有人去玩，並且也不大有人提起的樣子。

在古代可不同；至少至少，在清朝的乾嘉道光，去今百餘年前，杭州人的好遊的，總沒有一個不留戀西溪，也沒有一個不披蓑戴笠去看半山（即皋亭山）的桃花，超山的香雪的。原因是因爲那時候杭州和外埠的交通，所取的路徑都是水道；從嘉興上海等處來往杭州，運河是必經之路。舟入塘棲，兩岸就看得到山影；到這裏，自杭州去他處的人，漸有離鄉去國之感，自外埠到杭州來的人，方看得到山明水秀的一個外廓；因而塘棲鎮，和超山、獨山等處，便成了一般旅遊之人對杭州的記憶的中心。

超山是在塘棲鎮南，舊日仁和縣（現在併入杭縣了）東北六十里的永和鄉的，據說高有五十餘丈，周二十里（咸淳《臨安志》作三十七丈），因其山超然出於皋亭、黃鶴之外，故名。

從前去遊超山，是要從湖墅或拱宸橋下船，向東向北向西向南，曲折回環，衝破菱荇水藻而去的；現在汽車路已經開通，自清泰門向東直駛，至喬司站落北更向西，抄過臨平鎮，由臨平山西北，再馳十餘里，就可以到了；「小紅唱曲我吹簫」的船行雅處，現在雖則要被汽車的機器油破壞得絲縷無餘，但坐船和坐汽車的時間的比例，卻有五與一的大差。

汽車走過的臨平鎮，是以釋道潛的一首「風蒲獵獵弄輕柔，欲立蜻蜓不自由，五月臨平山下路，藕花無數滿汀洲」的絕句出名；而超山北面的塘棲鎮，又以南宋的隱士，明末清初的田園別墅出名；介與塘棲與超山之間的丁山湖，更以水光山色，魚蝦果木出名；也無怪乎從前的文人騷客，都要向杭州的東面跑，而超山臯亭山的名字每散見於諸名士的歌詠裏了。

超山腳下，塘棲附近的居民，因為住近水鄉，阡陌不廣之故，所靠以謀生的完全是果木的栽培。自春歷夏，以及秋冬，梅子、櫻桃、枇杷、杏子、甘蔗之類的出產，一年總有百萬元內外。所以超山一帶的梅林，成千成萬；由我們過路的外鄉人看來，只以為是鄉民趣味的高尚，個個都在學林和靖的終身不娶，殊不知實際上他們卻是正在靠此而養活妻孥的哩？

超山的梅花，向來是開在立春前後的；梅幹極粗極大，枝叉離披四散，五步一叢，十步一坂，每個梅林，總有千株內外，一株的花朵，又有萬顆左右；故而開的時候，香氣遠傳到十里之外的臨平山麓，登高而遠望下來，自然自成一個雪海；近年來雖說梅株減少了一點，但我想比到羅浮的仙境，總也只有過之，不會不及。

從杭州到超山去的汽車路上，過臨平山後，兩旁已經有一處一處的梅林在迎送了，而彙聚得最多，遊人所必到的看梅勝地，大抵總在汽車站西南，超山東北麓，報慈寺大明堂（亦稱大明寺）前頭，梅花叢裏有一個周夢坡築的宋梅亭在那裏的周圍五六里地的一圈地方。

報慈寺裏的大殿（大約就是大明堂了吧？）前幾年被寺的仇人毀壞了，當時還燒死了一位當家和尚在殿東一塊石碑之下。但殿後的一塊刻有吳道子畫的大士像的石碑，還好好地鑲在壁裏，絲毫也沒有動。去年我去的時候，寺僧剛在募化重修大殿；殿外面的東頭，並且已經蓋好了三間廂房在作客室。後面高一段的三間後殿，火燒時也不曾燒去，和尚手指著立在殿後壁裏的那一塊石刻大士像碑說，「這都是這位大慈大悲救苦救難廣大靈感觀世音菩薩的福佑！」

在何春渚刪成的《塘棲志略》裏，說大明寺前有一口井，井水甘洌！旁樹石碣，刻有「一人堂堂，二曜重光，泉深尺一，點去冰旁；二人相連，不欠一邊，三梁四柱烈火然，添卻雙鉤兩日全」之碑銘，不識何意等語。但我去大明堂（寺）的時候，卻既不見井，也不見碑；而這條碑銘，我從前是曾在一部筆記叫作《桂苑叢談》的書裏看到過一次的。這書記載著：「令狐相公出鎮淮海日，支使班蒙，與從事諸人，俱遊大明寺之西廊，忽睹前壁，題有此銘，諸賓皆莫能辨，獨班支使曰：『得非大明寺水，天下無比八字乎？』眾皆恍然。」從此看來，《塘棲志略》裏所說的大明寺井碑，應是抄來的文章，而編者所謂不識何意者，還是他在故弄玄虛。當然，寺在山麓，地又近水，寺前寺後，井是當然有一口的；井裏的泉，也當然是清洌的；不過此碑此銘，卻總有點兒可疑。

大明寺前的所謂宋梅，是一棵曲屈蒼老，根腳邊只剩了兩條樹皮圍拱，中間空心，上面枝幹四叉的梅樹。因爲怕有人折，樹外面全部是用一鐵絲網罩住的。樹當然是一株老樹，起碼也要比我的年紀大一兩倍，但究竟是不是宋梅，我卻不敢斷定。去年秋天，曾在天臺山國清寺的伽藍殿前，看見過一株所謂隋梅；前年冬天，也曾在臨平山下安隱寺裏看見過一枝所謂唐梅。但所謂隋，所謂唐，所謂宋等等，我想也不過「所謂」而已，究竟如何，還得去問問植物考古的專家才行。

出大明堂，從梅花林裏穿過，西面從吳昌碩的墳旁一條石砌路上攀登上去，是上超山頂去的大路了。一路上有許多同夢也似的疏林，一株兩株如被遺忘了似的紅白梅花，不少的墳園，在招你上山，到了半山的竹林邊的真武殿（俗稱中聖殿）外，超山之所以爲超，就有點感覺得到了；從這裏向東西北的三面望去，是汪洋的湖水，曲折的河身，無數的果樹，不斷的低崗，還有塘的兩面的點點的人家；這便算是塘棲一帶的水鄉全景的鳥瞰。

從中聖殿再沿石級上去，走過黑龍潭，更走二里，就可以到山頂，第一要使你駭一跳的，是沒有到上聖殿之先的那一座天然石築的天門。到了這裏，你才曉得超山的奇特，才曉得志上所說的「山有石魚石筍等，他石多異形，如人獸狀。」諸記載的不虛。實實在在，超山的好處，是在山頭一堆石，山下萬梅花，至若東瞻大海，南眺錢江，田疇如井，河道如腸，桑麻遍地，雲樹連天等形容詞，則凡在杭州東面的高處，如臨平山黃鶴峰上都用得著的，並非是超山獨一無二的絕景。

你若到了超山之後，則北去超山七里地外的塘棲鎮上，不可不去一到。在那些河流裏坐坐船，果樹下跑跑路，趣味實在是好不過。兩岸人家，中夾一水；走過丁山湖時，向西面看看獨山，向東首看看馬鞍龜背，想像想像南宋垂亡，福王在莊（至今其地還叫作福王莊）上所過的醉生夢死脂香粉膩的生涯，以及明清之際，諸大老的園亭別墅，台榭樓堂，或康熙乾隆等數度的臨幸，包管你會起一種像讀《蕪城賦》似的感慨。

又說到了南宋，關於塘棲，還有好幾宗故事，值得一提。第一，卓氏家乘《唐棲考》裏說：「唐棲者，唐隱士所棲也；隱士名珏，字玉潛，宋末會稽人。少孤，以明經教授鄉里子弟而養其母，至元戊寅，浮圖總統楊連真伽，利宋攢宮金玉，故為妖言惑主聽，發掘之。珏懷憤，乃貨家具，召諸惡少，收他骨易遺骸，瘞蘭亭山後，而樹冬青樹識焉。珏後隱居唐棲，人義之，遂名其地為唐棲。」這鎮名的來歷說，原是人各不同的，但這也豈不是一件極有趣的故實麼？還有塘棲西龍河圩，相傳有宋宮人墓；昔有士子，秋夜憑欄對月，忽聞有環珮之聲，不寐聽之，歌一絕云：「淡淡春山抹未濃，偶然還記舊行蹤，自從一入朱門去，便隔人間幾萬重。」聞之酸鼻。這當然也是一篇絕哀豔的鬼國文章。

塘棲鎮跨在一條水的兩岸，水南屬杭州，水北屬德清；商市的繁盛，酒家的眾多，雖說只是一個小小的鎮集，但比起有些縣城來，怕還要鬧熱幾分。所以遊過超山，不願在山上吃冷豆腐黃米飯的人，盡可以上塘棲鎮上去痛飲大嚼；從山腳下走回汽車路去坐汽車上塘棲，原也很便，但這一段路，總以走走路坐坐船更為合適。

花塢

「花塢」這一個名字，大約是到過杭州，或在杭州住上幾年的人，沒有一個不曉得的，尤其是遊西溪的人，平常總要一到花塢。二三十年前，汽車不通，公路未築，要去遊一次，真不容易；所以明明知道這花塢的幽深清絕，但腳力不健，非好遊如好色的詩人，不大會去。現在可不同了，從湖濱向北向西的坐汽車去，不消半個鐘頭，就能到花塢口外。而花塢的住民，每到了春秋佳日的放假日期，也會成群結隊，在花塢口的那座涼亭裏鵠候，預備來做一個臨時導遊的腳色，好輕輕快快地賺取遊客的兩毛小洋；現在的花塢，可真成了第二雲棲，或第三九溪十八澗了。

花塢的好處，是在它的三面環山，一谷直下的地理位置，石人塢不及它的深，龍歸塢沒有它的秀。而竹木蕭疏，清溪蜿繞，庵堂錯落，尼媼翩翩，更是花塢獨有的迷人風韻。將人來比花塢，就像潯陽商婦，老抱琵琶；將花來比花塢，更像碧桃開謝，未死春心；將菜來比花塢，只好說冬菇燒豆腐，湯清而味雋了。

我的第一次去花塢，是在松木場放馬山背後養病的時候，記得是一天日和風定的清秋的下午，坐了黃包車，過古蕩，過東嶽，看了伴鳳居，訪過風木庵（是錢唐丁氏的別業），感到了口渴，就問車夫，這附近可有清靜的乞茶之處？他就把我拉到了花塢的中間。

伴鳳居雖則結構堂皇，可是裏面卻也坍敗得可以；至於楊家牌樓附近的風木庵哩，丁氏的手跡尙新，茅庵的木架也在，但不曉怎麼，一走進去，就感到了一種撲人的黴灰冷氣。當時大廳上停在那裏的兩口丁氏的棺材，想是這一種冷氣的發源之處，但泥牆傾圮，蛛網繞梁，與壁上掛在那裏的字畫屛條一對比，極自然地令人生出了「俯仰之間，已成陳跡」的感想。因爲剛剛在看了這兩處衰落的別墅之後，所以一到花塢，就覺得清新安逸，像世外桃源的樣子了。

自北高峰後，向北直下的這一條塢裏，沒有洋樓，也沒有偉大的建築，而從竹葉雜樹中間透露出來的屋簷半形，女牆一圍，看將過去卻又顯得異常的整潔，異常的清麗。英文字典裏有Cottage①的這一個名字；而形容這些茅屋田莊的安閒小潔的字眼，又有著許多像Tiny，Dainty，Snug②的絕妙佳詞，我雖則還沒有到過英國的鄉間，但到了花塢，看了這些小庵卻不能自已地便想起了這種只在小說裏讀過的英文字母。我手指著那些在林間散點著的小小的茅庵，回頭來就問車夫：「我們可能進去？」車夫說：「自然是可以的。」於是就在一曲溪旁，走上了山路高一段的地方，到了靜掩在那裏的，雙黑板的牆門之外。

車夫使勁敲了幾下，庵裏的木魚聲停了，接著門裏頭就有一位女人的聲音，問外面誰在敲門。車夫說明了來意，鐵門閂一響，半邊的門開了，出來迎接我們的，卻是一位白髮盈頭，皺紋很少的老婆婆。

庵裏面的潔淨，一間一間小房間的布置的清華，以及庭前屋後樹木的參差掩映，和廳上佛座下經卷的縱橫，你若看了之後，仍不起皈依棄世之心的，我敢斷定你就是沒有感覺的木石。

那位帶髮修行的老比丘尼去爲我們燒茶煮水的中間，我遠遠聽見了幾聲從谷底傳來的鵲噪的聲音；大約天時向暮，烏鵲來歸巢了，谷裏的靜，反因這幾聲的急噪，而加深了一層。

我們靜坐著，喝乾了兩壺極清極釅的茶後，該回去了，遲疑了一會，我就拿出了一張紙幣，當作茶錢，那一位老比丘尼卻笑起來了，並且婉慢地說：

「先生！這可以不必；我們是清修的庵，茶水是不用錢買的。」

推讓了半天，她不得已就將這一元紙幣交給了車夫，說：「這給你做個外快吧！」

這老尼的風度，和這一次逛花塢的情趣，我在十餘年後的現在，還在津津地感到回味。所以前一禮拜的星期日，和新來杭州住的幾位朋友遇見之後，他們問我「上哪裏去玩？」我就立時提出了花塢，他們是有一乘自備汽車的，經松木場，過古蕩東嶽而去花塢，只須二十分鐘，就可以到。

十餘年來的變革，在花塢裏也留下了痕跡。竹木的清幽，山溪的靜妙，雖則還同太古時一樣，但房屋加多了，地價當然也增高了幾百倍；而最令人感到不快的，卻是這花塢的住民的變作了狡猾的商人。庵裏的尼媪，和退院的老僧，也不像從前的恬淡了，建築物和器具之類，並且處處還受著了歐洲的下劣趣味的惡化。

同去的幾位，因爲沒有見到十餘年前花塢的處女時期，所以仍舊感覺得非常滿意，以爲九溪十八澗、雲棲決沒有這樣的清幽深邃；但在我的內心，卻想起了一位素樸天真，沉靜幽嫻的少女，忽被有錢有勢的人姦了以後又被棄的狀態。

注釋

①村舍。

②小巧，舒適，整潔。

城裏的吳山

不管是到過或沒有到過杭州的人，只須是受過幾年中學教育的，你倘若問他：「杭州城裏有什麼大自然的好景？」他總會毫不思索地回覆你一聲「西湖」！其實西湖卻是在從前的杭州城外的，以其在杭城之西而得名。真正在杭州城裏的大觀，第一要推吳山（俗名城隍山），可是現在來杭州的遊客，大半總不加以注意；就是住在杭州的本地人，也一年之中去不得幾次，這才是奇事。我這一回來稱頌吳山，若說得僭一點，也可以說是「我的杭州城的發見」，以效My Discovery of London之顰；不過吳山在辛亥革命以前，久已經是杭州唯一的遊賞之地，現在的發見，原也只是重翻舊賬而已。

吳山，春秋時為吳南界，以別於越，故曰吳山。或曰，以伍子胥故，訛伍為吳，故《郡志》亦稱胥山，在鎮海樓（即鼓樓）之右。蓋天目為杭州諸山之宗，翔舞而東，結局於鳳凰山；其支山左折，遂為吳山；派分西北，為寶月為蛾眉，為竹園；稍南為石佛，為七寶，為金地，為瑞石，為寶蓮，為清平，總曰吳山。……

這是田叔禾《西湖遊覽志》卷十二記南山城內勝跡中之關於吳山的記載。二十餘年前，杭州人說是出遊，總以這吳山爲目的；腳力不繼的人，也要出吳山的腳下，上湧金門外三雅園等地方去喝茶；自辛亥革命以來，旗營全毀，城牆拆了，遊人就集中在湖濱，不再有上城隍山去消磨半日光陰的事情了。

吳山的好處，第一在它的近，第二在它的並不高，元時平章答剌罕脫歡所甃的那數百級的石級，走走並不費力。可是一到頂上，掉頭四顧，卻可以看得見滄海的日出，錢塘江江上的帆行，西興的煙樹，城裏的人家；西湖只像一面圓鏡，到城隍山上去俯看下來，卻不見得有趣，不見得嬌美了。還有一件吳山特有的好處，是這山上的怪石的特多；你若從東面上山，一直的向南向西，沿嶺脊走去，在路上有十幾處可以看到這些神工鬼斧的奇岩怪石。假山疊不到這樣的巧，真山也決沒有這樣的秀，而襟江帶湖、碧天四匝、僧廬道院、畫閣雕欄、茂林修竹、廛市炊煙等景物，還是不足道的餘事。

還有一層，覺得現在的吳山，對於我，比從前更覺得有味的，是遊人的稀少。大約上吳山去的，總以春秋二節的燒香客爲限；一般的遊人，尤其是老住在杭州的我所認識的許多朋友，平時決不會去的。鄉下的燒香客，在香市裏雖則擁擠不堪，可是因爲我和他們並不相識，所以雖處在稠人廣眾之中，我還可以盡情地享受我的孤獨。

自遷到杭州來後，這城隍山的一角，彷彿是變了我的野外的情人；凡遇到胸懷悒鬱，工作倦頹，或風雨晦暝，氣候不正的時候，只消上山去走它半天，喝一碗茶兩杯酒，坐兩三個鐘頭，就可以恢復元氣，爽颯地回來，好像是洗了一個澡。去年元日，曾去登過，今年元日，也照例的去；此外凡遇節期，以及稍稍閒空的當兒，就是心裏沒有什麼煩悶，也會獨自一個踱上山去，癲坐它半天。

前次語堂來杭，我陪他走了半天城隍山後，他也看出了這山的好處來了，我們還談到了集資買地，來造它一個俱樂部的事情。大約吳山卜築，事亦非難，只教有五千元錢，以一千元買地，四千元造屋，就可以成功了；不過可惜的，是幾處地點最好的地方，都已經被有錢有勢、不懂山水的人侵占了去，我們若來，只能在南山之下，買幾方地，築數椽屋；處境不高，眺望也不能開暢，與山居的原意，小有不合而已。

不久之前，更有幾位研究中國文學的外人來遊，我也照例的陪他們遊過吳山之後，他們問我說：「金人所說的立馬吳山第一峰，是什麼意思？」他們以爲吳山總是杭州最高的山，所以金人會有這樣的詩語。我一時解答不出，就只指示了他們以一排南宋故宮的遺址。大約自鳳山門以西，沿鳳凰山而北的一段，一定是南宋的大內，穿過萬松嶺，可以直達湖濱的。他們才豁然大悟地說：「原來是如此，立馬吳山，就可以看得到宮城的全部，金人的用意也可算深了。」這一個對於第一峰三字的解釋，不知究竟正確不正確。但南宋故宮的遺址，卻的確可以由城隍山或紫陽山的極頂，看得一望無遺的。

西溪的晴雨

西北風未起，蟹也不曾肥，我原曉得蘆花總還沒有白，前兩星期，源寧來看了西湖，說他倒覺得有點失望，因爲湖光山色，太整齊，太小巧，不夠味兒，他開來的一張節目上，原有西溪的一項；恰巧第二天又下了微雨，秋原和我就主張微雨裏下西溪，好叫源寧去嘗一嘗這西湖近旁的野趣。

天色是陰陰漠漠的一層，濕風吹來，有點兒冷，也有點兒香，香的是野草花的氣息。車過方井旁邊，自然又下車來，去看了一下那座天主聖教修士們的古墓。從墓門望進去，只是黑沉沉、冷冰冰的一個大洞，什麼也看不見，鼻子裏卻聞吸到了一種黴灰的陰氣。

把鼻子掀了兩掀，聳了一聳肩膀，大家都說，可惜忘記帶了電筒，但在下意識裏，自然也有一種恐怖、不安、和畏縮的心意，在那裏作惡，直到了花塢的溪旁，走進窗明几淨的靜蓮庵（？）堂去坐下，喝了兩碗清茶，這一些鬼胎，方才洗滌了個空空脫脫。

遊西溪，本來是以松木場下船，帶了酒盒行廚，慢慢兒地向西摇去爲正宗。像我們那麼高坐了汽車，飛鳴而過古蕩、東嶽，一個鐘頭要走百來里路的旅客，終於是難度的俗物，但是俗物也有俗益，你若坐在汽車裏，引頸而向西向北一望，直到湖州，只見一派空明，遙蓋在淡綠成陰的斜平海上；這中間不見水，不見山，當然也不見人，只是渺渺茫茫，青青綠綠，遠無岸，近亦無田園村落的一個大斜坡，過秦亭出後，一直到留下爲止的那一條沿山大道上的景色，好處就在這裏，尤其是當微雨朦朧，江南草長的春或秋的半中間。

從留下下船，回環曲折，一路向西向北，只在蘆花淺水裏打圈圈；圓橋茅舍，桑樹蓼花，是本地的風光，還不足道；最古怪的，是剩在背後的一帶湖上的青山，不知不覺，忽而又會得移上你的面前來，和你點一點頭，又匆匆的別了。

搖船的少女，也總好算是西溪的一景；一個站在船尾把搖櫓，一個坐在船頭上使槳，身體一伸一俯，一往一來，和櫓聲的咿呀，水波的起落，湊合成一大又圓又曲的進行軟調；遊人到此，自然會想起瘦西湖邊，竹西歌吹的閒情，而源寧昨天在漪園月下老人祠裏求得的那枝靈籤，彷彿是完全的應了，籤詩的語文，是《鄘風桑中》章末後的三句，叫做「期我乎桑中，要我乎上宮，送我乎淇之上矣。」

此後便到了交蘆庵，上了彈指樓，因爲是在雨裏，帶水拖泥，終於也感不到什麼的大趣，但這一天向晚回來，在湖濱酒樓上放談之下，源寧卻一本正經地說：「今天的西溪，卻比昨日的西湖，要好三倍。」

前天星期假日，日暖風和，並且在報上也曾看到了蘆花怒放的消息，午後日斜，老龍夫婦，又來約去西溪，去的時候，太晚了一點，所以只在秋雪庵的彈指樓上，消磨了半日之半。一片斜陽，反照在蘆花淺渚的高頭，花也並未怒放，樹葉也不曾凋落，原不見秋，更不見雪，只是一味的晴明浩蕩，飄飄然，渾渾然，洞貫了我們的腸腑，老僧無相，燒了麵，泡了茶，更送來了酒，末後還拿出了紙和墨，我們看看日影下的北高峰，看看庵旁邊的蘆花蕩，就問無相，花要幾時才能全白？老僧操著緩慢的楚國口音，微笑著說：「總要到陰曆十月的中間；若有月亮，更爲出色。」說後，還提出了一個交換的條件，要我們到那時候，再去一玩，他當預備些精饌相待，聊當作潤筆，可是今天的字，卻非寫不可，老龍寫了「一劍橫飛破六合，萬家憔悴哭三吳」的十四個字，我也附和著抄了一副不知在哪裏見過的聯語：「春夢有時來枕畔，夕陽依舊上簾鉤。」

喝得酒醉醺醺，走下樓來，小河裏起了晚煙，船中間滿載了黑暗，龍婦又逸興遄飛，不知上哪裏去摸出了一枝洞簫來吹著。「其聲嗚嗚然，如怨如慕，如泣如訴，餘音嫋嫋，不絕如縷」，倒真有點像是七月既望，和東坡在赤壁的夜遊。

閩遊滴瀝之二

曾經到過福州的一位朋友寫信來，說福建留在他腦子裏的印象，依次序來排列，當為：第一山水，第二少女，第三飲食，第四氣候。福建的山水，實在也真美麗；北峙仙霞，西聳武夷，蜿蜒東南直下，便分成無數的山區。地氣溫暖，微雨時行，以致山間草木，一年中無枯萎的時候。最奇怪的，是梅花開日，桃李也同時怒放；相思樹、荔枝樹、榕樹、杜松之屬，到處青蔥欲滴，即在寒冬，亦像是首夏的樣子。

閩江發源浦城縣北漁梁山下，亦稱建溪，又叫劍江，更有一個西江的別號；大抵隨地易名，到處收納清溪小水，曲折而達福州，更從南台折而向東向南，以入於海。水色的清，水流的急，以及灣處江面的寬，總之江上的景色，一切都可以做一種江水的秀逸的代表；揚子江沒有她的綠，富春江不及她的曲，珠江比不上她的靜。人家在把她譬作中國的萊茵，我想這譬喻總只有過之，決不會得不及。

你試想想，福建既有了那麼些個山，又有了這麼大的一條水，盤旋環繞，終歲綠成一片，自然的風景，哪裏還會得比別處更差一點兒?然而「逢人都問武夷山」，彷彿是福建的景致，只限在閩西崇安的一角，除了九曲的清溪，三十六峰的崇山峻嶺而外，別的就不足道似的，這又是什麼緣故?想來想去，我想最大的原因，總還是在古代交通的不便。因為交通不便之故，所以外省的人士，很少有得到福建來的；一二個馳騁中原的閩中騷客，懶得把烏龜山、蛇山、老虎山、獅子山等小山淺水，一一的列舉出來，就只言其大者著者的武夷山來包括一切；於是外面的人，只曉得福建僅有武夷的三三六六，而返射過來，福建人也只知道唯有武夷山是值得向人誇說的了。其實呢，在閩江的兩岸，以及從閩東直下，一直至詔安和廣東接壤的海濱一帶，都是無山不秀，無水不奇的地方；要取景致，非但是十景八景，可以隨手而得，就是千景萬景，也不難給取出很風雅很好聽的名字來，如我們故鄉西湖上的平湖秋月、蘇堤春曉之類。

說雖則如此的說，但因塵事的勞人，閩南閩北，直到今日，我終還沒有去過，所以詳細的記敘，只好等諸異日；現在只能先從實地見過到過的地方說起，還是來記一點福州以及附廓的山川大略吧。

周亮工的《閩小記》，我到此刻爲止，也還不曾讀過；但正在托人搜訪，不知他所記的究竟是些什麼。以我所見到的閩中冊籍，以及近人的詩文集子看來，則福州附廓的最大名山，似乎是去東門外一二十里地遠的鼓山。閩都地勢，三面環山，中流一水，形狀絕像是一把後有靠背左右有扶手的太師椅子。若把前面的照山，也取在內，則這一把椅子，又像是面前有一橫檔，給一二歲的小孩坐著玩的高椅了。兩條扶手的脊嶺，西面一條，是從延平東下，直到閩侯結脈的旗山；這山隔著江水，當夕陽照得通明，你站上省城高處，障手向西望去，原也看得濃紫絪緼；可是究竟路隔得遠了一點，可望而不可即，去遊的人，自然不多。東面的一條扶手，本由閩侯北面的蓮花山分脈而來，一支直驅省城，落北而爲屏山，就成了上面有一座鎭海樓鎭著的省城座峰；一支分而東下，高至二千七八百尺，直達海濱，離城最遠處，也不過五六十里，就是到過福州的人，無不去登，沒有到過福州的人，也無不聞名的鼓山了。鼓山自北而東而南，綿亙數十里，襟閩江而帶東海。且又去城尺五，城裏的人，朝夕偶一抬頭，在無論什麼地方，都看得見這座頭上老有雲封，腰間白牆點點的魂奇屏障。所以到福州不久，就有友人，陪我上山去玩；玩之不足，第二次並且還去宿了一宵。

鼓山的成分，當然也和別的海邊高山一樣，不外乎是些岩石泥沙樹木泉水之屬；可是它的特異處，卻又奇怪得很，似乎有一位同神話裏走出來的藝術巨人，把這些大石塊、大泥沙，以及樹木泉流，都按照了多樣合致的原理，細心堆疊起來的樣子。

坐汽車而出東城，三十分鐘就可以到鼓山腳下的白雲廨門口；過閩山第一亭，涉利見橋，拾級盤旋而上，穿過幾個亭子，就到半山亭了；說是半山，實在只是到山腰湧泉寺的道路的一半，到最高峰的屴崱——俗稱卓頂——大約總還有四分之三的路程。走過半山亭後，路也漸平，地也漸高，回眸四望，已經看得見閩江的一線橫流，城裏的人家春樹，與夫馬尾口外，海面上的浩蕩的煙嵐。路旁山下，有一座偉大的新墳，深藏在小山的懷裏，是前主席楊樹莊的永眠之地；過更衣亭、放生池後，湧泉寺的頭山門牌坊，就遠遠在望了，這就是五代時閩王所創建的閩中第一名刹，有時候也叫作鼓山白雲峰湧泉院的選佛大道場。

湧泉寺的建築布置，原也同其他的佛叢林一樣，有頭山門、二山門、鐘鼓樓、天王殿、大雄寶殿、後大殿、藏經樓、方丈室、僧寮客舍、戒堂、香積廚等等，但與別的大寺院不同的，卻有三個地方。第一，是大殿右手廂房上的那一株龍爪松；據說未有寺之先，就有了這一株樹，那麼這棵老樹精，應該是五代以前的遺物了，這當然是只好姑妄聽之的一種神話；可是松枝盤曲，蒼翠蓋十餘丈周圍，月白風清之夜，有沒有白鶴飛來，我可不能保，總之以軀幹來論它的年紀，大約總許有二三百歲的樣子。第二，裏面的一尊韋馱菩薩，係蹺起了一隻腳，坐在那裏的。關於這鎭坐韋馱的傳說，也是一個很有趣味的故事，現在只能含混的重述一下，作未曾到過鼓山的人的笑談，因爲和尚講給我聽的話，實際上我也聽不到十分之二三，究竟對與不對，還須去問老住鼓山的人才行。

——從前，一直在從前，記不清是哪一朝的哪一年了，福建省鬧了水荒呢也不知旱荒；有一位素有根器的小法師，在這湧泉寺裏出了家，年齡當然還只有十一二歲的光景。在這一個食指眾多的大寺院裏，小和尚當然是要給人家虐待、奚落、受欺侮的。荒年之後，寺院裏的齋米完了，本來就待這小和尚不好的各年長師兄們，因爲心裏著了急，自然更要虐待虐待這小師弟，以出出他們的氣。

有一天風雨雷鳴的晚上，小和尚於吞聲飲泣之餘，雙目合上，已經朦朧睡著了，忽而一道紅光，照射斗室，在他的面前，卻出現了那位金身執杵的韋馱神。他微笑著對小和尚說，「被虐待者是有福的，你明天起來，告訴那些虐待你的眾僧侶吧，叫他們下山去接收穀米去；明天幾時幾刻，是有一個人會送上幾千幾百擔的米來的。」第二天天明，小和尚醒了，將這一個夢告訴了大家；大家只加添了些對他的揶揄，哪裏能夠相信？但到了時候，小和尚真的絕叫著下山去了，年紀大一點的眾僧侶也當作玩耍似的嘲弄著他而跟下了山。但是，看呀！前面起的灰塵，不是運米來的車子麼？到得山下，果然是那位城裏的最大米商人送米來施捨了。一見小和尚合掌在候，他就下車來拜，嘴裏還喃喃的說：「活菩薩，活菩薩，南無阿彌陀佛，救了我的命，還救了我的財。」

原來這一位大米商，因鑒於饑饉的襲來，特去海外販了數萬斛的米，由海船運回到福建來的。但昨天晚上，將要進口的時候，忽而狂風大雨，幾幾乎把海船要全部的掀翻，他在艙裏跪下去熱心祈禱，只希望老天爺救救他的老命，過了一會，霹靂一聲，欖杆上出現了兩盞紅燈，紅燈下更出現了那一位金身執杵的韋馱大天君。怒目而視，高聲而叱，他對米商人說：「你這一個剝削窮民、私販外米的奸商，今天本應該絕命的；但念你祈禱的誠心，姑且饒你。明朝某時某刻，你要把這幾船米的全部，送到鼓山寺去。山下有一位小法師合掌在等的，是某某菩薩的化身，你把米全交給他吧！」說完不見了韋馱，也不見了風雲雷雨，青天一抹，西邊還出現一規殘夜明時的月亮。

眾僧侶歡天喜地，各把米搬上了山，放入了倉；而小和尚走回殿來，正想向韋馱神頂禮的時候，卻看見菩薩的額上，流滿了辛苦的汗，袍甲上也灑滿了雨滴與浪花。於是小和尚就跪下去說：「菩薩，你太辛苦了，你且坐下去歇息吧！」本來是立著的韋馱神，就突然地蹺起了腳，坐下去休息了……。

湧泉寺的第三個特異之處，真的值得一說的，卻是寺裏寶藏著的一部經典。這一部經文，前兩年日本曾有一位專門研究佛經的學者，來住寺影印，據說在寺裏寄住工作了兩整年，方才完工，現在正在東京整理。若這影印本整理完後，發表出來，佛學史上，將要因此而起一個驚天動地的波浪，因爲這一部經，是天上天下，獨一無二的寶藏，就是在梵文國的印度，也早已絕跡了的緣故。此外還有一部血寫的金剛經，和幾葉菩提葉畫成的藏佛，以及一瓶舍利子，也算是這湧泉寺的寺寶，但比起那一部絕無僅有的佛典來，卻談不上了。我本是一個無緣的眾生，對佛學全沒有研究，所以到了寺裏，只喜歡看那些由和尚尼姑合拜的萬佛勝會，寺門內新在建築的回龍閣，以及大雄寶殿外面廣庭裏的那兩枝由海軍製造廠奉獻的鐵鑄燈檯之類，經典終於不曾去拜觀。可是廟貌的莊嚴偉大，山中空氣的幽靜神奇，真是別一個境界，別一所天地；凡在深山大寺，如廣東的鼎湖山，浙江的天目山、天臺山等處所感得到的一種絕塵超世、縹緲凌雲之感，在這裏都感得到，名刹的成名，當然也不是一件偶然的事情。

閩遊滴瀝之五

福州城的雅號，叫做榕城，原因是爲了在城內外的數千年老榕樹之多得無以復加；福州的別號，又叫作三山，就因爲在福州城裏有許多許多大大小小的山。

凡到過福州，或翻開福州遊記及指南之類的書來看過一道的人，都背誦得出山歌似的一句形容福州城內諸山的熟語，叫作「三山藏，三山現，三山看不見。」所謂三山藏者，有的說係指法海寺所在地的羅山，屏山東南麓的冶山，與在閩山巷光祿坊附近的閩山而言；有的更變換名稱，說是羅山、泉山（即冶山）、玉尺山（即閩山）的三山。總之，這不大惹人注意的三山，是在三山現的三山之外的高地，或共脈而異名，或沿山而起屋，使一般身履其頂的人，不覺得是登在山上。此外則福州城內，尤其是在北城，還有許多以嶺取名的地方，若說起藏而不露的山來，我想這些嶺地，當然也可以包括在內。

所謂三山看不見者，聽說是指在鐘山澗裏的鐘山，芝澗裏的芝山，以及龍山巷一家私人園內的龍山（或謂係指東城的靈山）而言；這些大約本不是山，不過那些好奇愛僻的先生們，手捧著水煙袋，眼看著梅雨天，閒空不過，才想出來難人的說法。至於三山現的三山哩，卻位置天然，風景互異，真是值得一說的福州佳麗。凡曾經身到過福建省會的人，鉤輈的鳥語，海陸的奇珍，都會年久而或忘，唯有這三山的形勢，卻到死也不會忘記。福州的別號三山，實在也真是最簡括不過的命名。

福州城全體的形狀，像一隻龍蝦的赴壑；兩隻大箝，是東面的于山，西面的烏山，上蹺的尾巴，恰正是上面有一座鎭海樓在的屏山（即越王山）；一道蝦鬚，直拖出去，是到南台爲止的那一條大道；蝦鬚盡處，就是閩江的江面，眾水匯聚而入海的地方了。

福州城的創建，當然要遠溯到越王勾踐的七世孫無疆，及秦二世時，無諸開國，都冶爲城，就在現在的布政里，屏山東南麓名冶山的一塊小地方。晉太康三年，始置郡；後太守嚴高，聽了郭璞之言，方經始於越王山之南，又向南開闢了一下。於是就有了左鼓右旗，玉帶橫腰的讚語。唐宋而後，漸次擴充；到了明朝，因元之舊，更建櫓樓敵臺，復以重屋，門列七城，於是便「隱然金湯之固，三峰峙於域中，二絕標於戶外；甘果方几，蓮花現瑞，襟江帶湖，東南並海，二湖吞吐，百河灌溉」，居然成了現在那麼的一大都會。宋謝泌的「湖田播種重收穀，山路逢人半是僧，城裏三山千簇寺，夜間七塔萬枝燈」及陳軒的「城裏三山古越都，樓臺相望跨蓬壺，有時細雨微煙罩，便是天然水墨圖」兩詩，就是到了現代，也還用得著。詩裏頭每有人題起，而會城別號之所從出的三山，就是屏山、烏山，與于山了。

屏山在現在省城的正北，下面拖落來就是冶山，實際上，卻從何處起是屏山，到何處止是冶山的界限也分不明白。舊日的城牆，一半就繞在這山的北部；而山的絕頂，雄鎭著一座巍巍乎大不可當的鎭海樓。樓的原建築，雖則已經摧毀，但舊址上的那座碉堡，也足以令人想起當年的豪舉。每於夕陽欲下時，車過山腳，舉頭一望碉堡上金黃的殘照，總莫名其妙的要起一種感慨，真也不知究竟是什麼緣故。

屏山東南下的一區山地，南為冶山，再南為將軍山，是古代閩中衙署府第的中樞。無諸建國，都即在此；晉守嚴高的刺史衙署，也就在這裏。唐為都督府衙，又為觀察使衙，又為威武軍衙。閩王審知建牙開府，造文德殿、長春宮、紫薇宮、東華宮、躍龍宮、明威殿的地方，原全在這些低山淺阜的中間。其後王氏父子兄弟的荒淫流血，錢氏納土歸宋後之創置清和堂、垂拱殿，元之行中書省，明的布政使司，也都在這些地方，所以屏山古時又有越王山之稱。再南下去，是山坡的尾閭了，現在的那座鼓樓所在的地方，就是唐觀察使元錫建置之威武軍門；宋元以後，屢毀屢建；明宣德年間，御史方端命僧了心募修之後，更名全閩第一樓。所謂造三獅以制五虎，或只開左門出入等傳說，當自這時候起的無疑。

總之，屏山雄鎮北城，大有南面垂拱的氣象，所以歷代衙署，咸集於此。現在則王都舊府，卻只剩了衰草斜陽，陸軍被服廠、科學館、惠兒院、乾元寺，以及許多摧毀的空房，分占據了這一圈地面。上去在西北的半山中，建有許多新式的平樓房屋，係省府縣政人員訓練之處。再上去，革命紀念碑先烈墓等，縱橫的立著，桃花千樹，更散點在斷碑殘碣的中間；當碉堡下半里的地方，且有石砌的七星缸一簇，埋在青草碎石裏，想係北斗七星之遺意，或者是用以來鎮壓火患的也說不定。

屏山亦即越王山的妙處，是在它的能西眺閩江上游，如洪塘橋以上的風景；登碉樓而北望，蓮花峰以下的亂山起伏，又像是萬馬千軍，南馳赴海的樣子。若在陰雨初霽，殘陽欲落的時候，去登高一望，包管你立不上十五分鐘，就會得愴然而淚下，因爲前不見古人，後不見來者，天地悠悠之念，唯在這北門管鑰的越王臺上，感覺得最切。登其他二山之巔，則所見者，唯民房塔影，與日夜的江流船隻而已，和煦繁華，彷彿是坐在春風懷裏，一種溫柔軟感，與在屏山上所感得的哀思愁緒，截然的不同。

省城東南角的于山，別名九仙山，因傳說中有何氏兄弟九人修煉於此（**兄弟各養一鯉，後各成龍飛去，解化於九鯉湖中**）之故。據說，高有一百五十步，周回三百一十步。《閩中記》上又說，越王無諸，九日宴集茲山，有大石樽尚存。所以又名九日山。山的最高峰，名鰲頂峰，在火神廟熒星祠南，是宋狀元陳誠之讀書處；後來在山的南麓開了一所書院，取名鰲峰，想來總就在影射著這件事情。山前山後，寺院道觀，不計其數，而規模最大，香火也最旺盛的，當首推東面斜坡上的那一座九仙觀。舊志上所說的磊老岩、躍馬岩、喜雨台、仙人床、金鎖園、杏壇、棋盤石、醉鄉石、九日台、石門、龍舌泉，以及攬鰲亭、倚鰲軒等等古蹟，都在九仙觀之西南北的三面，因爲山本不高不大，所以許多奇名怪石的名勝，大抵總在五十步百步之間。而正德間太監尙春，於宋丞相陳自強宅假山取來的三石，現在還直立在平遠台的門外，旁邊兩石上所刻「景元春」三字，仍舊是鮮明得同前日刻出的一樣。

于山山上，最值得登臨懷念的，是山西面的一座戚公祠，祠裏頭的一所平遠台。明參將戚繼光，大敗倭寇回來，曾宴士卒於此。至今戚公祠內，供奉著的一張彬彬儒雅的戚將軍像，還是爲福州全郡人士所崇拜景仰的唯一峴山碑。祠中的醉石一方，因爲戚公醉後，曾經在此坐臥休息過的，遊人過境，個個都脫帽致敬，浩嘆著現代良將的不多。關於戚參將的軼聞故事，以及民間遺愛的證明，如思兒亭、慘惻橋、光餅、征東餅之類，流傳在福州界隈的很多很多，將來想做一篇詳細一點的《戚將軍傳》來紀念這位民族大英雄，所以在這裏只能簡單的一提了事。

于山的好處，是在它的接近城市，遙揖閩江，而鼓山嵐翠，又近逼在目前。你若於飯後省下三十分鐘工夫，從東面九曲亭邊慢慢地走上山去，在大榕樹下立它片時半刻，看看城市的繁華，看看山川的蒼翠，一定會感到積食俱消，雙眸清醒；而正因爲俯拾即是市場之故，所以又不至於有厭離人世，想一個人去羽化而登仙。我故而常對人說，快活的時候，可以去上上于山，拜拜戚將軍的遺像，因爲在于山上所感到的氣氛，是積極的，入世的，並沒有那一種遺世獨立的佛徒們的悲觀色彩。

城內和于山東西對峙的，是西南角上的一簇烏石。因爲烏石山來得高大一點，所以照堪輿家說來，右強左弱，往往有關氣運。唐咸通中侯官令薛逢，與神光僧靈觀遊此，創亭山側，刻「薛老峰」三字於石上；五代開運元年，雷雨大作，「薛老峰」三字倒立，是年閩亡，就是一個應驗。但是將這些風水地理之說丟開，照我們常人的意思來說，覺得烏石山的所以得勝過于山的地方，就在它的高大靈奇，可以擴充視野。這山在唐天寶時，曾奉敕改稱過閩山；宋熙寧初，光祿卿程師孟知福州，謂此山登覽之勝，敵得過道家的蓬萊方丈，所以又稱作了道山。山頂最高處，是凌霄台的遺址，東下是香爐峰、金剛跡、浴鴉池、初陽頂、華嚴岩、般若台等名勝了；而舊時祀唐處士周樸的剛顯廟，祀明督學宗子相的宗公祠等，現在卻沒有了蹤影。

烏石山之秀，是在山頭的那些怪石。如香爐峰的奇岩千丈，對闢兩開，千年不動，永鎮山巔，從遠處瞭望過去，因日光雲影的遷移，往往會幻變作種種的形象。到了身涉其巔，爬上這些大石塊去向四邊一望，又像是腳不著土，飄飄然如騰雲駕霧，身子在飛翔的樣子。像這樣秀麗的一支大石山，從前自然有不少的寺院，現在也自然要都被人家侵占去建別墅了。山的南面，有省立的師範學校一所，盤踞的地位最大最好；稍東是沈文肅公祠堂，再東是私人的別業之類；南面上山的大道頂邊，卻直到現在也還有幾個坍敗得不堪的廟宇存著，在那裏點綴名山，標示沒落。關於烏石山周圍的古蹟名區，寺觀金石，以及名宦僧道的寄跡題詩，本有一部《烏石山志》在那裏，我可以不必再來抄錄。我只想說一說我每次登烏石山的時候，所感到的，總是一種清空之氣。這一種感覺的由來，大約是因眺望西門南門外的平野，與洪塘鄉的水勢而得。

記得元藍智遊烏石道山亭時曾寫過一首詩，特為抄在這裏，以表示我的同感：

江國涼風白燕初，道山秋色野亭虛，
天連野水蓬萊近，霜落汀洲橘柚疏。

北望每懷王粲賦，南遊空上賈生書，
四郊但願休戎馬，獨客何妨老釣魚。

福州名勝，於三山之外，還有雙塔二橋諸大寺等等，這一回是記不完了，所以只能暫時擱下了再說。

檳城三宿之後，五日夜渡北海，剛巧是舊曆的十五晚上，月光照耀海空，涼風絕似水晶簾底吹來，揮手與送別諸君分袂的時候，心裏只覺得快活，何曾有一點惻惻吞聲之感？當然依舊是「到處論交齊管鮑，天涯何地不家鄉」的故態。

但是別離終竟是別離，或悲或喜的混合劇；當船離碼頭的一刹那，簾幕便揭開了：一位十五六歲的窈窕淑女，同一位很清秀的青年君子，歡天喜地上了船；船欄外來送的，多是些穿紗衫，圍繡薩郎——馬來裝也，但不知是否這兩字，亦不知是否如此的發音——套裙的女嬌娘。開船的號令響了，機房裏起了轉動的聲音，船上船下，一陣鶯聲燕語的唧唧喳喳，我原不曉得是在說些什麼，推想起來，大約總是「前途珍重，後會有期」等套語吧？或則是「萬里之行，從此始矣！」也說不定，在我這老天涯客看來，自然只是極平常的一次離別；但反應到了這淑女的心頭，波瀾似乎是千重萬重的起了，先是鶯聲發了顫，繼是方諸瀉了盆，再則終於忍耐不住，跑開了欄杆。到無人的一角，取出手帕來盡情啼哭去了。這一幕，當然是離奇的悲喜劇。

還有回轉舞臺的第二幕，是表現在上下船的跳板旁邊的；一群頭上包著紅白黑色的布，嘴周圍長著黑黑叢叢的毛，臉上也有幾位繡著皇天爲加上圈兒的花的朋友，向一位身軀碩大的老長者，舉起了手，齊聲唱出了一曲也是聽不明白的離別之歌；這或許是喀里達薩的薩功塔拉里的一小節，這也許是太戈爾的迷鳥裏的一整首，總之是印度的一般人所熟誦的歌曲無疑。這一幕又似是純粹的喜劇了。

旁觀者的我們，自然要做一點劇評。同行的關先生先指那一位淑女說：「她既和丈夫在一道，當然是快活的旅行，爲什麼要這樣啼啼哭哭呢？」

「大約是新婚後，來回門（回娘家）的吧！」我的解釋。

「那一位印度老長者，頸項裏套在那裏的花圈是什麼意思？」我問關先生。

「他大約是在警界服務的，一定是升了官去赴任的無疑。來送的那些，當然是他的親戚故舊，或舊日的同僚。」是關先生的回答。

有話則長，無話則短，我們平穩地渡過了海峽，按號數走進了聯邦鐵路的臥車房；火車也準時間開，我們也很有規則地倒下了床。只是窗門緊閉，車裏有點兒覺得悶熱，酣睡不成，只能拿出李詞傭君贈我的《椰陰散憶》來消夜。讀到了榴槤的最後一張，正想重起來拿王紹清的《亞細亞的怒潮》的時候，倦意頻催，張口連打了幾個呵欠，是睡鄉帶信來了，迷迷糊糊地不知怎麼一來，終便失去了知覺。

這一睡醒來，可真不是諸葛武侯的隆中大夢之相仿！火車跳了三五下，玻璃窗變成了樂器；車箱裏的馬來小孩子，印度貴婦人，齊聲哭了起來。我的身上，忽而滾來了許多行李和衣裳。一二分鐘後，喀單當的一聲大震。事情卻定了局，車子已經橫臥在軌道外的橋頭草地裏了，我們原是買了臥車票來的，而車子似乎也去買了一張，我們睡在它的懷裏，它也循環相報地睡入了草地，以後便是旅客們的混亂。

關先生赤了腳，擄了一件雨衣，七橫八豎，先出去打開了車門。我則一點兒經驗毫無，只在臥鋪底下收拾衣箱，更換衣服；穿上衣服之後，還在打領帶的結。關先生是有過經驗的，倉皇在門口叫著說：「這時候還帶什麼領帶！快出來！快出來！」我卻先把行李遞了給他。行李取齊，一腳高來一腳低的爬出了車箱後，關先生才告訴我說：「你真不曉事，萬一電線走電，車箱裏出了煙，我們就無生望了；火車出軌，最怕的是這一著！」

爬出車箱來一看，外面的情形，果然是一個大修羅場！五輛車子，東倒一輛，西睡一輛地橫衝在軌道兩旁的草地裏；鐵軌斷了，飛了，腐朽的枕木，被截作了火柴幹那麼的細枝；碎石上，草地上，盡是些四散的行李與衣裳，和一群一群的人，還有幾聲叫痛的聲音。天也有點白茫茫地曙了，拿出表來用香煙火一照，正是午前四點四十分鐘的樣子；以時間來計路程，則去丹絨馬林只有一二十分鐘，去吉隆坡只有兩個鐘頭不足了；千里之駒，不能一蹶，這可替文生與華脫的創作品，到今天也曳了白。我們除了在荒地的碎石子上坐以待旦而外，另外也一點兒法子都沒有。

痛定之後，坐在碎石上候救護車來的中間，我們所怨的，卻是那些檳城的鮑叔們，無端送了我們許多食品用品，增加了許多件很重的行李，這時候拋棄了又不是，攜帶著更不能，進退維谷，只落得一個「白眼看行李，高情怨友生」的局面。因為火車出軌之處，正是一個上不在天，下不在田的中間地帶，四旁沒有村落，沒有人夫，連打一個長途電話的便利都得不到。並且我們又不會講馬來話，不識東西南北的方向，萬一有老虎出來，或雷雨直下的時候，我們便只有一條出路了，就是「長揖見閻君」而已。

在這情形下，直坐了四個多鐘頭，眼看得東方的全白，紅日的出來，同車者的一群一群搬往火車龍頭前面未損壞的軌道旁邊。最後，我們也急起來了。用盡了陰（英）文陽（洋）文的力量，向幾個馬來路工交涉了許多次，想請他們發發慈悲，爲我們搬一搬行李，但不知他們是真的不曉得呢，還是假的不知，連朝也不來朝一下，只如頑石鐵頭的樣子，走過來，又走過去了。還是智多星的關老，猜透了這些馬來人的心理，於一位年老的馬來工人走近我們身邊的時候，先顯示了他以一個兩毫銀幣，然後指指行李，他伸出手來，接過銀幣，果然把行李肩上肩頭，向前搬了過去。於是轉悲爲喜的我們，也便高聲地議論了起來：「銀幣真能說話，馬來話不曉得，倒也無妨！」說著、笑著、行著，走到了未損壞的路軌的邊上，恰巧自丹絨馬林來接的救護車也就到了。

上車後，越山入野，走了幾站，於到萬撓之先，我們又在車窗裏發現了一輛房新民君自吉隆坡趕來救我們而尋我們不著的後追車，又到下一站的時候，我們便下了火車，與房君一道地坐汽車而回了吉隆坡。十二點十分，到吉隆坡後，我們又是天下太平的旅行人了，有鄭振文博士旅店的款待，有陳濟謀先生壓驚洗塵的華筵。上車之前，並且還坐了陳先生的汽車，在吉隆坡市內市外，公園公共機關馬來廟、中華會館等處飛視了一巡。第二天早晨六點多鐘，我們便是新加坡市上的小市民了。謝天謝地，這一次的火車出軌，總算是很合著經濟的原則，以最少的代價而得到了最大的經驗，更還要謝謝在檳城在吉隆坡的每一個朋友。因為不是他們的相招，不想去看他們，則這一便宜事情，也是得不著的。

馬六甲遊記

為想把滿身的戰時塵滓暫時洗刷一下，同時，又可以把個人的神經，無論如何也負擔不起的公的私的積累清算一下之故，毫無躊躇，飄飄然駛入了南海的熱帶圈內，如醉如癡，如在一個連續的夢遊病裏，渾渾然過去的日子，好像是很久很久了，又好像是有一日一夜的樣子。實在是，在長年如盛夏，四季不分明的南洋過活，記憶力只會一天一天的衰弱下去，尤其是關於時日年歲的記憶，尤其是當踏上了一定的程序工作之後的精神勞動者的記憶。

某年月日，為替一愛國團體上演《原野》而揭幕之故，坐了一夜的火車，從新加坡到了吉隆坡。在臥車裏鼾睡了一夜，醒轉來的時候，塡塞在左右的，依舊是不斷的樹膠園，滿目的青草地，與在強烈的日光裏反射著殷紅色的牆瓦的小洋房。

揭幕禮行後，看戲看到了午夜，在李旺記酒家吃了一次朱植生先生特為籌設的消夜筵席之後，南方的白夜，也冷悄悄的釀成了一味秋意；原因是由於一陣豪雨，把路上的閒人，盡催歸了夢裏，把街燈的玻璃罩，也洗滌成了水樣的澄清。倦遊人的深夜的悲哀，忽而從駛回逆旅的汽車窗裏，露了露面，彷彿是在很遠很遠的異國，偶爾見到了一個不甚熟悉的同坐過一次飛機或火車的偕行夥伴。這一種感覺，已經有好久好久不曾嘗到了，這是一種在深夜當遊倦後的哀思啊！

第二天一早起來，因有友人去馬六甲之便，就一道坐上汽車，向南偏西，上山下嶺，盡在樹膠園椰子林的中間打圈圈，一直到過了丹平的關卡以後，樣子卻有點不同了。同模形似地精巧玲瓏的馬來人亞答屋的住宅，配合上各種不同的椰子樹的陰影，有獨木的小橋，有頸項上長著雙峰的牛車，還有負載著重荷，在小山坳密林下來去的原始馬來人的遠景，這些點綴，分明在告訴我，是在南洋的山野裏旅行。但偶一轉向，車駛入了平原，則又天空開展，水田裏的稻稈青蔥，田塍樹影下，還有一二皮膚黝黑的農夫在默默地休息，這又像是在故國江南的曠野，正當五六月耕耘方起勁的時候。

到了馬六甲，去海濱「彭大希利」的萊斯脫好塢斯（Rest House）去休息了一下，以後，就是參觀古蹟的行程了。導我們的先路的，是由何葆仁先生替我們去邀來的陳應楨、李君俠、胡健人等幾位先生。

我們的路線，是從馬六甲河西岸海濱的華僑銀行出發，打從聖弗蘭雪斯教堂的門前經過，先向市政廳所在的聖保羅山，亦叫作升旗山的古聖保羅教堂的廢墟去致敬的。

這一塊周圍僅有七百二十英里方的馬六甲市，在歷史上、傳說上，卻是馬來半島，或者也許是南洋群島中最古的地方，是在好久以前，就聽人家說過的。第一，馬六甲的這一個馬來名字的由來，據說就是在十四世紀中葉，當新加坡的馬來人，被爪哇西來的外人所侵略，酋長斯干達夏率領群眾避至此地，息樹蔭下，偶問旁人以此樹何名，人以「馬六甲」對，於是這地方的名字，就從此定下了。而這一株有五六百年高壽的馬六甲樹，到現在也還婆娑獨立在聖保羅的山下那一個舊式棧橋接岸的海濱。枝葉紛披，這樹所覆的蔭處，倒確有一連以上的士兵可紮營。

此外，則關於馬六甲這名字的由來，還有酋長見犬鹿相鬥，犬反被鹿傷的傳說；另一說：則謂馬六甲，係爪哇語「亡命」之意。或謂係爪哇人稱巨港之音，巫來由即馬六甲之變音。

這些倒還並不相干，因爲我們的目的，只想去瞻仰那些古時遺下來的建築物，和現時所看得到的風景之類；所以一過馬六甲河，看見了那座古色蒼然的荷蘭式的市政廳的大門，就有點覺得在和數世紀前的彭祖老人說話了。

這一座門，盡以很堅強的磚瓦疊成，像低低的一個城門洞的樣子；洞上一層，是施有雕刻的長方石壁，再上面，卻是一個小小的鐘樓似的塔頂。

在這裏，又不得不簡敘一敘馬六甲的史實了：第一，這裏當然是從新加坡西來的馬來人所開闢的世界，這是在十四世紀中葉的事情。在這先頭，從宋代的中國冊籍（諸蕃志）裏，雖可以見到巨港王國的繁榮，但馬六甲這一名，卻未被發現。到了明朝，鄭和下南洋的前後，馬六甲就在中國書籍上漸漸知名了，這是十四世紀末葉的事情。在十六世紀初年，葡萄牙人第奧義・洛泊斯・特色開拉（Diogo Lopez de Segueira）率領五艘海船到此通商，當爲馬六甲和西歐交通的開始時期。一千五百十一年，馬六甲被亞爾封所・達兒勃開兒克（Alfonsodal Bugergue）所征服以後，南洋群島就成了葡萄牙人獨占的市場。其後荷蘭繼起，一千六百四十一年，馬六甲便歸入了荷人的掌握；現在所遺留的馬六甲的史蹟，以荷蘭人的建築物及墓碑爲最多的原因，實在因爲荷蘭人在這裏曾有過一百多年繁榮的歷史的緣故。一七九五年，當拿破崙戰爭未息之前，馬六甲管轄權移歸了英國東印度公司。一八一五年因維也納條約的結果，舊地復歸還了荷屬，等一八二四年的倫敦會議以後，英國終以蘇門答臘和荷蘭換回了這馬六甲的治權。

關於馬六甲的這一段短短的歷史，簡敘起來，也不過數百字的光景，可是這中間的殺伐流血，以及無名英雄的爲國捐軀，爲公殉義的偉烈豐功，又有誰能夠仔細說得盡哩！

所以，聖保羅山下的市政廳大門，現在還有人在叫作「斯泰脫乎斯」的大門的，「斯泰脫乎斯」者，就是荷蘭文——Stadt Huys的遺音，也就是英文Town-House或City-House的意思。

我們從市政廳的前門繞過，穿過圖書館的二樓，上閱兵台，到了舊聖保羅教堂的廢墟門外的時候，前面那望樓上的旗幟已經在收下來了，正是太陽平西，將近午後四點鐘的樣子。偉大的聖保羅教堂，就單單只看了它的頹垣殘壘，也可以想見得到當日的壯麗堂皇。迄今四五百年，雨打風吹，有幾處早已沒有了屋頂，但是周圍的牆壁，以及正殿中上一層的石屋頂，仍舊是屹然不動，有泰山磐石般的外貌。我想起了三寶公到此地時的這周圍的景象，我又想起了我們大陸國民不善經營海外殖民事業的缺憾；到現在被強鄰壓境，弄得半壁江山，盡染上腥汙，大半原因，也就在這一點國民太無冒險心，國家太無深謀遠慮的弱點之上。

市政廳的建築全部，以及這聖保羅山的廢墟，聽說都由馬六甲的史跡保存會的建議，請政府用意保護著的；所以直到了數百年後的今日，我們還見得到當時的荷蘭式的房屋，以及聖保羅教堂裏的一個上面蓋有小方格鐵板的石穴。這石穴的由來，就因十六世紀中葉的聖芳濟（St. Francis Xavier）去中國傳教，中途病故，遺體於運往臥亞（Goa）之前，曾在此穴內埋葬過五個月（一五五三年三月至同年八月）的因緣。廢墟的前後，盡是墳塋，而且在這廢墟的堂上，聖芳濟遺體虛穴的周圍，也陳列著許多四五百年以前的墓碑。墓碑之中，以荷蘭文的碑銘爲最多，其間也還有一兩塊葡萄牙文的墓碑在哩！

參觀了這聖保羅山以後，我們的車就遵行著「彭大希利」的大道，駛向了東面聖約翰山的故壘。這山頭的故壘，還是葡萄牙人的建築，炮口向內，用意分明是防止本土人的襲擊的，炮壘中的塹壕堅強如故；聽說還有一條地道，可以從這山頂通行到海邊福脫路的舊疊門邊。這時候夕陽的殘照，把海水染得濃藍，把這一座故壘，曬得赭黑，我獨立在雉堞的缺處，向東面遠眺了一回馬來亞南部最高的一支遠山，就也默默地想起了薩雁門的那一首「六代豪華，春去也，更無消息」的金陵懷古之詞。

從聖約翰山下來，向南洋最有名的那一個飛機型的新式病院前的武極巴拉（Bukit Palah）山下經過，趕上青雲亭的墳山，去向三寶殿致敬的時候，平地上已經見不到陽光了。

三寶殿在青雲亭墳山三寶山的西北麓，門朝東北，門前幾棵紅豆大樹作旗幛。殿後有三寶井，聽說井水甘冽，可以治疾病，市民不遠千里，都來灌取。墳山中的古墓，有皇明碑紀的，據說現尙存有兩穴。但我所見到的卻是墳山北麓，離三寶殿約有數百步遠的一穴黃氏的古塋。碑文記有「顯考維弘黃公，妣壽妲謝氏墓，皇明壬戌仲冬谷旦，孝男黃子、黃辰同立」字樣，自然是三百年以前，我們同胞的開荒遠祖了。

晚上，在何葆仁先生的招待席散以後，我們又上中國在南洋最古的一間佛廟青雲亭去參拜了一回。青雲亭是明末遺民，逃來南洋，以幫會勢力而扶植僑民利益的最古的一所公共建築物。這廟的後進，有一神殿，供著兩位明代表冠，髮鬚楚楚的塑像，長生祿位牌上，記有開基甲國的甲必丹芳楊鄭公及繼理宏業的甲必丹君常李公的名字；在這廟的旁邊一間碑亭裏，聽說還有兩塊石碑樹立在那裏，是記這兩公的英偉事蹟的，但因爲暗夜無燈，終於沒有拜讀的機會。

走馬看花，馬六甲的五百年的古蹟，總算匆匆地在半天之內看完了。於走回旅舍之前，又從歪斜得如中國街巷一樣的一條娘惹街頭經過，在昏黃的電燈底下談著走著，簡直使人感覺到不像是在異邦飄泊的樣子。馬六甲實在是名符其實的一座古城，尤其是從我們中國人看來。

回旅舍洗過了澡，含著紙煙，躺在迴廊的藤椅上舉頭在望海角天空的時候，從星光裏，忽而得著了一個奇想。譬如說吧，正當這一個時候，旅舍的侍者，可以拿一個名刺，帶領一個人進來訪我。我們中間可以展開一次上下古今的長談。長談裏，可以有未經人道的史實，可以有悲壯的英雄抗敵的故事，還可以有纏綿哀豔的情史。於送這一位不識之客去後，看看手表，當在午前三四點鐘的時候。我倘再回憶一下這一位怪客的談吐、裝飾，就可以發現他並不是現代的人。再尋他的名片，也許會尋不著了。第二天起來，若問侍者以昨晚你帶來見我的那位客人（**可以是我們的同胞，**

也可以是穿著傳教師西裝的外國人），究竟是誰？侍者們都可以一致否認，說並沒有這一回事。這豈不是一篇絕好的小說麼？這小說的題目，並且也是現成的，就叫作《古城夜話》或《馬六甲夜話》，豈不是就可以了麼？

我想著想著，抽盡了好幾支煙捲，終於被海風所誘拂，沉入到忘我的夢裏去了。第二天的下午，同樣的在柏油大道上飛馳了半天，在麻坡與峇株巴轄過了兩渡，當黃昏的陰影蓋上柔佛長堤橋面的時候，我又重回到了新加坡的市內。《馬六甲夜話》、《古城夜話》，這一篇——Imaginary Conversations①——幻想中的對話錄，我想總有一天會把它紀敘出來。

注釋

①英文，虛擬的談話。

輯二　雪夜

所謂自傳也者

自傳的樣式，實在多不過。上自奧古斯丁的主啊上帝呀的叫喚祈禱，以至「實際與虛構」的詩人的生涯，與夫盧騷的那半狂式的己身醜惡的暴露等等，越變越奇，越來越有趣味；這原因，大約是爲了作者生活思想的豐富，故而隨便寫來，都成妙語。像我這樣的一個不要之人，無能之輩，即使翻盡了千百部古人的自傳，抄滿了許許多他人的言行，也決沒有一部可以使人滿足的自傳，寫得出來的。況且最近，更有一位女作家，曾向中央去哭訴，說像某某那樣頹廢，下流，惡劣的作家，應該禁絕他的全書，流之三千里外，永不准再作小說，方能免掉洪水猛獸的横行中國，方能實行新生活以圖自強。照此說來，則東北四省的淪亡，貪官汙吏的輩出，天災人禍的交來，似乎都是區區的幾篇無聊的小說之所致。這種論調的心理，雖然有齊格門特，弗洛衣特在那裏分析，但我的作品的應該抹殺，應該封禁，或許也是當這實行新生活，復興民族的國難時期中所必急的先務。

因此，近年來，決意不想寫小說了；只怕一捏起筆來，就要寫出下流，惡劣的事蹟，而揭破許多閨閣小姐，學者夫人們的粉臉。況且，年齡也將近四十了，理想，空想，幻想，一切皆無；在世上活了四十年，看了四十年的結果，只覺得人生也不過這麼一回事；富貴榮華，名譽美貌，衣飾犬馬，學問文章等等，也不過這麼一回事。姊姊妹妹，花呀月呀，原覺得肉麻；世界社會，人類同胞等等，又何嘗不是耶穌三等傳教師的口吻？若是要寫的話，我只想寫些養雞養羊秘訣，或釣魚做菜新法之類的書，以利同胞而收版稅。可是對於這些的專門學問與實際經驗，卻比上大學講堂去胡說兩個鐘頭，還要貓虎不得，自省的結果，自然也不敢輕易去操觚。可是，生在這世上，身外的萬事，原都可以簡去，但身內的一個胃，卻怎麼也簡略不得。要吃飯，在我，就只好寫寫，此外的技能是沒有的。於是乎，在去年今年的兩年之間，只寫下了些毫無系統，不干人事的遊記。但據那位女作家說，似乎我寫遊記，也是一罪，事到如今，只好連遊記都不寫了。

恰巧有一家書鋪，自從去年春天說起，說到現在，要我寫一部自傳。我的寫不出有聲有色的自傳來的話，在前面已經說過了；明知其寫不好（**我到現在為止，絕沒有寫過一篇「我生於何日何時何地」等的自傳，但我也不大用過他人的事情來做我寫作的材料**）而硬要來寫者，原因卻有兩種：（一）四十歲前後，似乎是人生的一個小段落；你若不信，我就可以舉出兩位同時代者來做榜樣，胡適之氏有四十自述的傳，林語堂氏有四十自敘的詩。（二）書店給我的定洋已花去了，若寫不出來就非追還不可。

雖然專寫自己的事情，由那位女作家看來，似乎也是一罪，但判決還沒有被執行以先，自己的生活，總還得由自己來維持，天高地厚，倒也顧不了許多。

自傳本來是用不著冠以一篇自敘的，可是，爲使像一冊書的樣子，爲增加一點字數之故，我在這裏又只好犯下了這宗曠古未有的大罪；是爲敘。

悲劇的誕生

「丙申年，庚子月，甲午日，甲子時」，這是因爲近年來時運不佳，東奔西走，往往斷炊，室人於絕望之餘，替我去批來的命單上的八字。開口就說年庚，倘被精神異狀的有些女作家看見，難免得又是一頓痛罵，說：「你這醜小子，你也想學起張君瑞來了麼？下流，下流！」但我的目的呢，倒並不是在求愛，不過想大書特書地說一聲，在光緒二十二年十一月初三的夜半，一齣結構並不很好而尙未完成的悲劇出生了。

光緒的二十二年（西曆一八九六）丙申，是中國正和日本戰敗後的第三年；朝廷日日在那裡下罪己詔，辦官書局，修鐵路，講時務，和各國締訂條約。東方的睡獅，受了這當頭的一棒，似乎要醒轉來了；可是在酣夢的中間，消化不良的內臟，早經發生了腐潰，任你是如何的國手，也有點兒不容易下藥的徵兆，卻久已流布在上下各地的施設之中。敗戰後的國民——尤其是初出生的小國民，當然是畸形，是有恐怖狂，是神經質的。

兒時的回憶，誰也在說，是最完美的一章，但我的回憶，卻盡是些空洞。第一，我所經驗到的最初的感覺，便是飢餓；對於飢餓的恐怖，到現在還在緊逼著我。

生到了末子，大約母體總也已經是虧損到了不堪再育了，乳汁的稀薄，原是當然的事情。而一個小縣城裡的書香世家，在洪楊之後，不曾發跡過的一家破落鄉紳的家裡，雇乳母可真不是一件細事。

四十年前的中國國民經濟，比到現在，雖然也並不見得凋敝，但當時的物質享樂，卻大家都在壓制，壓制得比英國清教徒治世的革命時代還要嚴刻。所以在一家小縣城裡的中產之家，非但雇乳母是一件不可容許的罪惡，就是一切家事的操作，也要主婦上場，親自去做的。像這樣的一位奶水不足的母親，而又餵乳不能按時，雜食不加限制，養出來的小孩，哪裡能夠強健？我還長不到十二個月，就因營養的不良患起腸胃病來了。一病年餘，由衰弱而發熱，由發熱而痙攣；家中上下，竟被一條小生命而累得精疲力盡；到了我出生後第三年的春夏之交，父親也因此以病以死；在這裡總算是悲劇的序幕結束了，此後便只是孤兒寡婦的正劇的上場。

幾日西北風一刮，天上的鱗雲，都被吹掃到東海裡去了。太陽雖則消失了幾分熱力，但一碧的長天，卻開大了笑口。富春江兩岸的烏桕樹、槭樹，楓樹，振脫了許多病葉，顯出了更疏勻更紅艷的秋社後的濃妝；稻田割起了之後的那一種和平的氣象，那一種潔淨沉寂，歡欣乾燥的農村氣象，就是立在縣城這面的江上，遠遠望去，也感覺得出來。那一條流繞在縣城東南的大江哩，雖因無潮而殺了水勢，比起春夏時候的水量來，要淺到丈把高的高度，但水色卻澄清了，澄清得可以照見浮在水面上的鴨嘴的斑紋。從上江開下來的運貨船隻，這時候特別的多，風帆也格外的飽；狹長的白點，水面上一條，水底下一條，似飛雲也似白象，以青紅的山，深藍的天和水做了背景，悠閒地無聲地在江面上滑走。水邊上在那裡看船行，摸魚蝦，採被水沖洗得很光潔的白石，挖泥沙造城池的小孩們，都拖著了小小的影子，在這一個午飯之前的幾刻鐘裡，鼓動他們的四肢，竭盡他們的氣力。

離南門碼頭不遠的一塊水邊大石條上，這時候也坐著一個五六歲的小孩，頭上養著了一圈羅漢髮，身上穿了青粗布的棉袍子，在太陽裡張著眼望江中間來往的帆檣。就在他的前面，在貼近水際的一塊青石上，有一位十五六歲像是人家的使婢模樣的女子，跪著在那裡淘米洗菜。這相貌清瘦的孩子，既不下來和其他的同年輩的小孩們去同玩，也不願意說話似地只沉默著在看遠處。等那女子洗完菜後，站起來要走，她才笑著問了他一聲說：「你肚皮餓了沒有？」他一邊在石條上立起，預備著走，一邊還在凝視著遠處默默地搖了搖頭。倒是這女子，看得他有點可憐起來了，就走近去握著了他的小手，彎腰輕輕地向他耳邊說：「你在惦記著你的娘麼？她是明後天就快回來了！」這小孩才回轉了頭，仰起來向她露了一臉很悲涼很寂寞的苦笑。

這相差十歲左右，看去又像姊弟又像主僕的兩個人，慢慢走上了碼頭，走進了城垛；沿城向西走了一段，便在一條南向大江的小弄裡走進去了。他們的住宅，就在這條小衖中的一條支衖裡頭，是一間舊式三開間的樓房。大門內的大院子裡，長著些雜色的花木，也有幾隻大金魚缸沿牆擺在那裡。時間將近正午了，太陽從院子裡曬上了向南的階簷。這小孩一進大門，就跑步走到了正中的那間廳上，向坐在上面念經的一位五六十歲的老婆婆問說：

「奶奶，娘就快回來了麼？翠花說，不是明天，後天總可以回來的，是真的麼？」

老婆婆仍在繼續著念經，並不開口說話，只把頭點了兩點。小孩子似乎是滿足了，歪了頭向他祖母的扁嘴看了一息，看看這一篇她在念著的經正還沒有到一段落，祖母的開口說話，是還有幾分鐘好等的樣子，他就又跑入廚下，去和翠花作伴去了。

午飯吃後，祖母仍在念她的經，翠花在廚下收拾食器；隨時有幾聲洗鍋子潑水碗相擊的聲音傳過來外，這座三開間的大樓和大樓外的大院子裡，靜得同在墳墓裡一樣。太陽曬滿了東面的半個院子，有幾匹寒蜂和耐得起冷的蠅子，在花木裡微鳴蠢動。靠階簷的一間南房內，也照進了太陽光，那小孩只靜悄悄地在一張鋪著被的藤榻上坐著，翻看幾本劉永福鎮台灣，日本蠻子樺山總督被擒的石印小畫本。

等翠花收拾完畢，一盆衣服洗好，想叫了他再一道的上江邊去敲濯的時候，他卻早在藤榻的被上，和衣睡著了。

這是我所記得的兒時生活。兩位哥哥，因爲年紀和我差得太遠，早就上離家很遠的書塾去念書了，所以沒有一道玩的可能。守了數十年寡的祖母，也已將人生看穿了，自我有記憶以來，總只看見她在動著那張沒有牙齒的扁嘴念佛念經。自父親死後，母親要身兼父職了，入秋以後，老是不在家裡；上鄉間去收租穀是她，將穀托人去礱成米也是她，雇了船，連柴帶米，一道運回城裡來也是她。

在我這孤獨的童年裡，日日和我在一處，有時候也講些故事給我聽，有時候也因我脾氣的古怪而和我鬧，可是結果終究是非常痛愛我的，卻是那一位忠心的使婢翠花。她上我們家裡來的時候，年紀正小得很，聽母親說，那時候連她的大小便，吃飯穿衣，都還要大人來侍候她的。父親死後，兩位哥哥要上學去，母親要帶了長工到鄉下去料理一切，家中的大小操作，全賴著當時只有十幾歲的她一雙手。

只有孤兒寡婦的人家，受鄰居親戚們的一點欺凌，是免不了的；凡我們家裡的田地盜賣了，堆在鄉下的租穀等被竊去了，或祖墳山的墳樹被砍了的時候，母親去爭奪不轉來，最後的出氣，就只是在父親像前的一場痛哭。母親哭了，我是當然也只有哭，而將我抱入懷裡，時用柔和的話來慰撫我的翠花，總也要淚流得滿面，恨死了那些無賴的親戚鄰居。

我記得有一次，也是將近吃中飯的時候了，母親不在家，祖母在廳上念佛，我一個人從花壇邊的石階上，站了起來，在看大缸裡的金魚。太陽光漏過了院子裡的樹葉，一絲一絲的射進了水，照得缸裡的水藻與游動的金魚，和平時完全變了樣子。我於驚嘆之餘，就伸手到了缸裡，想將一絲一絲的日光捉起，看它一個痛快。上半身用力過猛，兩隻腳浮起來了，心裡一慌，頭部胸部就顛倒浸入到了缸裡的水藻之中。我想叫，但叫不出聲來，將身體掙扎了半天，以後就沒有了知覺。等我從夢裡醒轉來的時候，已經是晚上了，一睜開眼，我只看見兩眼哭得紅腫的翠花的臉伏在我的臉上。我叫了一聲「翠花！」她帶著鼻音，輕輕的問我：「你看見我了麼？你看得見我了麼？要不要水喝？」我只覺得身上頭上像有火在燒，叫她快點把蓋在那裡的棉被掀開。她又輕輕的止住我說：「不，不，野貓要來的！」我舉目向煤油燈下一看，眼睛裡起了花，一個一個的物體黑影，都變了相，真以爲是身入了野貓的世界，就嘩的一聲大哭了起來。祖母、母親，聽見了我的哭聲，也趕到房裡來了，我只聽見母親吩咐翠花說；「你去吃夜飯去，阿官由我來陪他！」

翠花後來嫁給了一位我小學裡的先生去做塡房，生了兒女，做了主母。現在也已經有了白髮，成了寡婦了。前幾年，我回家去，看見她剛從鄉下挑了一擔老玉米之類的土產來我們家裡探望我的老母。和她已經有二十幾年不見了，她突然看見了我，先笑了一陣，後來就哭了起來。我問她的兒子，就是我的外甥有沒有和她一起進城來玩，她一邊擦著眼淚，一邊還向布裙袋裡摸出了一個烤白芋來給我吃。我笑著接過來了，邊上的人也大家笑了起來，大約我在她的眼裡，總還只是五六歲的一個孤獨的孩子。

不曉得是在哪一本俄國作家的作品裡，曾經看到過一段寫一個小村落的文字，他說：「譬如有許多紙折起來的房子，擺在一段高的地方，被大風一吹，這些房子就歪歪斜斜地飛落到了谷裡，緊擠在一道了。」前面有一條富春江繞著，東西北的三面盡是些小山包住的富陽縣城，也的確可以借了這一段文字來形容。

雖則是一個行政中心的縣城，可是人家不滿三千，商店不過百數；一般居民，全不曉得做什麼手工業，或其他新式的生產事業，所靠以度日的，有幾家自然是祖遺的一點田產，有幾家則專以小房子出租，在吃兩元三元一月的租金；而大多數的百姓，卻還是既無恆產，又無恆業，沒有目的，沒有計劃，只同蟑螂似地在那裡出生，死亡，繁殖下去。

這些蟑螂的密集之區，總不外乎兩處地方；一處是三個銅子一碗的茶店，一處是六個銅子一碗的小酒館。他們在那裡從早晨坐起，一直可以坐到晚上上排門的時候；討論柴米油鹽的價格，傳播東鄰西舍的新聞，爲了一點不相干的細事，譬如說罷，甲以爲李德泰的煤油只賣三個銅子一提，乙以爲是五個銅子兩提的話，雙方就會得爭論起來；此外的人，也馬上分成甲黨或乙黨提出證據，互相論辯；弄到後來，也許相打起來，打得頭破血流，還不能夠解決。

因此，在這麼小的一個縣城裡，茶店酒館，竟也有五六十家之多；於是大部分的蟑螂，就家裡可以不備面盆手巾，桌椅板凳，飯鍋碗筷等日常用具，而悠悠地生活過去了。離我們家裡不遠的大江邊上，就有這樣的兩處蟑螂之窩。

在我們的左面，住有一家砍砍柴，賣賣菜，人家死人或娶親，去幫幫忙跑跑腿的人家。他們的一族，男女老小的人數很多很多，而住的那一間屋，卻只比牛欄馬槽大了一點。他們家裡的頂小的一位苗裔年紀比我大一歲，名字叫阿千，冬天穿的是同傘似的一堆破絮，夏天，大半身是光光地裸著的；因而皮膚黝黑，臂膀粗大，臉上也像是生落地之後，只洗了一次的樣子。他雖只比我大了一歲，但是跟了他們屋裡的大人，茶店酒館日日去上，婚喪的人家，也老在進出；打起架吵起嘴來，尤其勇猛。我每天見他從我們的門口走過，心裡老在羨慕，以爲他又上茶店酒館去了，我要到什麼時候，才可以同他一樣的和大人去夾在一道呢！而他的出去和回來，不管是在清早或深夜，我總沒有一次不注意到的，因爲他的喉音很大，有時候一邊走著，一邊在絕叫著和大人談天，若只他一個人的時候哩，總在嚕嗦地唱戲。

當一天的工作完了，他跟了他們家裡的大人，一道上酒店去的時候，看見我欣羨地立在門口，他原也曾邀約過我；但一則怕母親要罵，二則膽子終於太小，經不起那些大人的盤問笑說，我總是微笑著搖搖頭，就跑進屋裡去躲開了，爲的是上茶酒店去的誘惑性，實在強不過。

有一天春天的早晨，母親上父親的墳頭去掃墓去了，祖母也一侵早上了一座遠在三四里路外的廟裡去念佛。翠花在灶下收拾早餐的碗筷，我只一個人立在門口，看有淡雲浮著的青天。忽而阿千唱著戲，背著鉤刀和小扁擔繩索之類，從他的家裡出來，看了我的那種沒精打采的神氣，他就立了下來和我談天，並且說：

「鸛山後面的盤龍山上，映山紅開得多著哩；並且還有烏米飯（是一種小黑果子），彤管子（也是一種刺果），刺莓等等，你跟了我來罷，我可以採一大堆給你。你們奶奶，不也在北面山腳下的真覺寺裡念佛麼？等我砍好了柴，我就可以送你上寺裡去吃飯去。」

阿千本來是我所崇拜的英雄，而這一回又只有他一個人去砍柴，天氣那麼的好，今天侵早祖母出去念佛的時候，我本是嚷著要同去的，但她因爲怕我走不動，就把我留下了。現在一聽到了這一個提議，自然是心裡急跳了起來，兩隻腳便也很輕鬆地跟他出發了，並且還只怕翠花要出來阻撓，跑路跑得比平時只有得快些。出了衖堂，向東沿著江，一口氣跑出了縣城之後，天地寬廣起來了，我的對於這一次冒險的驚懼之心就馬上被大自然的威力所壓倒。這樣問問，那樣談談，阿千真像是一部小小的自然界的百科大辭典，而到盤龍山腳去的一段野路，便成了我最初學自然科學的模範小課本。

麥已經長得有好幾尺高了，麥田裡的桑樹，也都發出了絨樣的葉芽。晴天裡舒叔叔的一聲飛鳴過去的，是老鷹在覓食；樹枝頭吱吱喳喳，似在打架又像是在談天的，大半是麻雀之類；遠處的竹林叢裡，既有抑揚，又帶餘韻，在那裡歌唱的，才是深山的畫眉。

上山的路旁，一拳一拳像小孩子的拳頭似的小草，長得很多；拳的左右上下，滿長著了些絳黃的絨毛，彷彿是野生的蟲類，我起初看了，只在害怕，走路的時候，若遇到一叢，總要繞一個彎，讓開它們，但阿千卻笑起來了，他說：

「這是薇蕨，摘了去，把下面的粗幹切了，炒起來吃，味道是很好的哩！」

漸走漸高了，山上的青紅雜色，迷亂了我的眼目。日光直射在山坡上，從草木泥土裡蒸發出來的一種氣息，使我呼吸感到了困難；阿千也走得熱起來了，把他的一件破夾襖一脫，丟向了地下。教我在一塊大石上坐下息著，他一個人穿了一件小衫唱著戲去砍柴採野果去了；我回身立在石上，向大江一看，又深深地深深地得到了一種新的驚異。

這世界真大呀！那寬廣的水面！那澄碧的天空！那些上下的船隻，究竟是從哪裡來，上哪裡去的呢？

我一個人立在半山的大石上，近看看有一層陽炎在顫動著的綠野桑田，遠看看天和水以及淡淡的青山，漸聽得阿千的唱戲聲音幽下去遠下去了，心裡就莫名其妙的起了一種渴望與愁思。我要到什麼時候才能大起來呢？我要到什麼時候才可以到這像在天邊似的遠處去呢？到了天邊，那麼我的家呢？我的家裡的人呢？同時感到了對遠處的遙念與對鄉井的離愁，眼角裡便自然而然地湧出了熱淚。到後來，腦子也昏亂了，眼睛也模糊了，我只呆呆的立在那塊大石上的太陽裡做幻夢。我夢見有一隻揩擦得很潔淨的船，船上面張著了一面很大很飽滿的白帆，我和祖母母親翠花阿千等都在船上，吃著東西，唱著戲，順流下去，到了一處不相識的地方。我又夢見城裡的茶店酒館，都搬上山來了，我和阿千便在這山上的酒館裡大喝大嚷，旁邊的許多大人，都在那裡驚奇仰視。

這一種接連不斷的白日之夢，不知做了多少時候，阿千卻背了一捆小小的草柴，和一包刺莓映山紅烏米飯之類的野果，回到我立在那裡的大石邊來了；他脫下了小衫，光著了脊肋，那些野果就係包在他的小衫裡面的。

他提議說，時候不早了，他還要砍一捆柴，且讓我們吃著野果，先從山腰走向後山去罷，因爲前山的草柴，已經被人砍完，第二捆不容易採刮攏來了。

慢慢地走到了山後，山下的那個真覺寺的鐘鼓聲音，早就從春空裡傳送到了我們的耳邊，並且一條青煙，也剛從寺後的廚房裡透出了屋頂。向寺裡看了一眼，阿千就放下了那捆柴，對我說：「他們在燒中飯了，大約離吃飯的時候也不很遠，我還是先送你到寺裡去罷！」

我們到了寺裡，祖母和許多同伴者的念佛婆婆，都張大了眼睛，驚異了起來。阿千走後，她們就開始問我這一次冒險的經過，我也感到了一種得意，將如何出城，如何和阿千上山採集野果的情形，說得格外的詳細。後來坐上桌去吃飯的時候，有一位老婆婆問我：「你大了，打算去做些什麼？」我就毫不遲疑地回答她說：「我願意去砍柴！」

故鄉的茶店酒館，到現在還在風行熱鬧，而這一位茶店酒館裡的小英雄，初次帶我上山去冒險的阿千，卻在一年漲大水的時候，喝醉了酒，淹死了。他們的家族，也一個個地死的死，散的散，現在沒有生存者了；他們的那一座牛欄似的房屋，已經換過了兩三個主人。時間是不饒人的，盛衰起滅也絕對地無常的：阿千之死，同時也帶去了我的夢，我的青春！

書塾與學堂

從前我們學英文的時候，中國自己還沒有教科書，用的是一冊英國人編了預備給印度人讀的同納氏文法是一路的讀本。這讀本裡，有一篇說中國人讀書的故事。插畫中畫著一位年老背曲拿煙管帶眼鏡拖辮子的老先生坐在那裡聽學生背書，立在這先生前面背書的，也是一位拖著長辮的小後生。不曉爲什麼原因，這一課的故事，對我印象特別的深，到現在我還約略諳誦得出來。裡面曾說到中國人讀書的奇習，說：「他們無論讀書背書時，總要把身體東搖西掃，搖動得像一個自鳴鐘的擺。」這一種讀書背書時搖擺身體的作用與快樂，大約是沒有在從前的中國書塾裡讀過書的人所永不能瞭解的。

我的初上書塾去念書的年齡，卻說不清楚了，大約總在七八歲的樣子；只記得有一年冬天的深夜，在燒年紙的時候，我已經有點矇朧想睡了，盡在擦眼睛，打呵欠，忽而門外來了一位提著燈籠的老先生，說是來替我開筆的。我跟著他上了香，對孔子的神位行了三跪九叩之禮；立起來就在香案前面的一張桌上寫了一張上大人的紅字，念了四句「人之初，性本善」的《三字經》。第二年的春天，我就夾著綠布書包，拖著紅絲小辮，搖擺著身體，成了那冊英文讀本裡的小學生的樣子了。

經過了三十餘年的歲月，把當時的苦痛，一層層地摩擦乾淨，現在回想起來，這書塾裡的生活，實在是快活得很。因爲要早晨坐起一直坐到晚的緣故，可以助消化，健身體的運動，自然只有身體的死勁搖擺與放大喉嚨的高叫了。大小便，是學生們監禁中暫時的解放，故而廁所就變作了樂園。我們同學中間的一位最淘氣的，是學官陳老師的兒子，名叫陳方；書塾就係附設在學宮裡面的。陳方每天早晨，總要大小便十二三次。後來弄得光生沒法，就設下了一枝令簽，凡須出塾上廁所的人，一定要持簽而出；於是兩人同去，在廁所裡搗鬼的弊端革去了，但這令簽的爭奪，又成了一般學生們的唯一的娛樂。

陳方比我大四歲，是書塾裡的頭腦；像春香鬧學似的把戲，總是由他發起，由許多蝦兵蟹將來演出的，因而先生的撻伐，也以落在他一個人的頭上者居多。不過同學中間的有幾位狡滑的人，委過於他，使他冤枉被打的事情也著實不少；他明知道辯不清的，每次替人受過之後，總只張大了兩眼，滴落幾滴大淚點，摸摸頭上的痛處就了事。我後來進了當時由書院改建的新式的學堂，而陳方也因他父親的去職而他遷，一直到現在，還不曾和他有第二次見面的機會；這機會大約是永也不會再來了，因爲國共分家的當日，在香港彷彿曾聽見人說起過他，說他的那一種慘死的樣子，簡直和杜格納夫所描寫的盧亭，完全是一樣。

由書塾而到學堂！這一個轉變，在當時的我的心裡，比從天上飛到地上，還要來得大而且奇。其中的最奇之處，是我一個人，在全校的學生當中，身體年齡，都屬最小的一點。

當時的學堂，是一般人的崇拜和驚異的目標。將書院的舊考棚撤去了幾排，一間像鳥籠似的中國式洋房造成功的時候，甚至離城有五六十里路遠的鄉下人，都成群結隊，帶了飯包雨傘，走進城來擠看新鮮。在校舍改造成功的半年之中，「洋學堂」的三個字，成了茶店酒館，鄉村城市裡的談話的中心；而穿著奇形怪狀的黑斜紋布制服的學堂生，似乎都是萬能的張天師，人家也在側目而視，自家也在暗鳴得意。

一縣裡唯一的這縣立高等小學堂的堂長，更是了不得的一位大人物，進進出出，用的是藍呢小轎：知縣請客，總少不了他。每月第四個禮拜六下午作文課的時候，縣官若來監課，學生們特別有兩個肉饅頭好吃；有些住在離城十餘里的鄉下的學生，於作文課完後回家的包裹裡，往往將這兩個肉饅頭包得好好，帶回鄉下去送給鄰里尊長，並非想學穎考叔的純孝，卻因爲這肉饅頭是學堂裡的東西，而又出於知縣官之所賜，吃了是可以驅邪啓智的。

實際上我的那一班學堂裡的同學，確有幾位是進過學的秀才，年齡都在三十左右；他們穿起制服來，因爲背形微駝，樣子有點不大雅觀，但穿了袍子馬褂，搖搖擺擺走回鄉下去的態度，卻另有著一種堂皇嚴肅的威儀。

初進縣立高等小學堂的那一年年底，因爲我的平均成績，超出了八十分以上，突然受了堂長和知縣的提拔，令我和四位其他的同學跳過了一班，升入了高兩年的級裡；這一件極平常的事情，在縣城裡居然也聳動了視聽，而在我們的家庭裡，卻引起了一場很不小的風波。

是第二年春天開學的時候了，我們的那位寡母，辛辛苦苦，調集了幾塊大洋的學費書籍費繳進學堂去後，我向她又提出了一個無理的要求，硬要她去為我買一雙皮鞋來穿。在當時的我的無邪的眼裡，覺得在制服下穿上一雙皮鞋，挺胸伸腳，得得得得地在石板路上走去，就是世界上最光榮的事情；跳過了一班，升進了一級的我，非要如此打扮，才能夠壓服許多比我大一半年齡的同學的心。為湊集學費之類，已經羅掘得精光的我那位母親，自然是再也沒有兩塊大洋的餘錢替我去買皮鞋了，不得已就只好老了面皮，帶著了我，上大街上的洋廣貨店裡去賒去；當時的皮鞋，是由上海運來，在洋廣貨店裡寄售的。

一家，兩家，三家，我跟了母親，從下街走起，一直走到了上街盡處的那一家隆興字號。店裡的人，看我們進去，先都非常客氣，摸摸我的頭，一雙一雙的皮鞋拿出來替我試腳；但一聽到了要賒欠的時候，卻同樣地都白了眼，作一臉苦笑，說要去問賬房先生的。而各個賬房先生，又都一樣地板起了臉，放大了喉嚨，說是賒欠不來。到了最後那一家隆興裡，慘遭拒絕賒欠的一瞬間，母親非但漲紅了臉，我看見她的眼睛，也有點紅起來了。不得已只好默默地旋轉了身，走出了店；我也並無言語，跟在她的後面走回家來。到了家裡，她先掀著鼻涕，上樓去了半天；後來終於帶了一大包衣服，走下樓來了，我曉得她是將從後門走出，上當鋪去以衣服抵押現錢的；這時候，我心酸極了，哭著喊著，趕上了後門邊把她拖住，就絕命的叫說：

「娘，娘！您別去罷！我不要了，我不要皮鞋穿了！那些店家！那些可惡的店家！」

我拖住了她跪向了地下，她也嗚嗚地放聲哭了起來。兩人的對泣，驚動了四鄰，大家都以為是我得罪了母親，走攏來相勸。我愈聽愈覺得悲哀，母親也愈哭愈是厲害，結果還是我重賠了不是，由間壁的大伯伯帶走，走上了他們的家裡。

自從這一次的風波以後，我非但皮鞋不著，就是衣服用具，都不想用新的了。拚命的讀書，拚命的和同學中的貧苦者相往來，對有錢的人，經商的人仇視等，也是從這時候而起的。當時雖還只有十一二歲的我，經了這一番波折，居然有起老成人的樣子來了，直到現在，覺得這一種怪癖的性格，還是改不轉來。

到了我十三歲的那一年冬天，是光緒三十四年，皇帝死了；小小的這富陽縣裡，也來了哀詔，發生了許多議論。熊成基的安徽起義，無知幼弱的溥儀的入嗣，帝室的荒淫，種族的歧異等等，都從幾位看報的教員的口裡，傳入了我們的耳朵。而對於我印象最深的，是一位國文教員拿給我們看的報紙上的一張青年軍官的半身肖像。他說，這一位革命義士，在哈爾濱被捕，在吉林被滿清的大員及漢族的賣國奴等生生地殺掉了；我們要復仇，我們要努力用功。所謂種族，所謂革命，所謂國家等等的概念，到這時候，才隱約地在我腦裡生了一點兒根。

洋學堂裡的特殊科目之一，自然是伊利哇拉的英文。現在回想起來，雖不免有點覺得好笑，但在當時，雜在各年長的同學當中，和他們一樣地曲著背，聳著肩，搖擺著身體，用了讀《古文辭類纂》的腔調，高聲朗誦著皮衣啤，皮哀排的精神，卻真是一點兒含糊苟且之處都沒有的。初學會寫字母之後，大家所急於想一試的，是自己的名字的外國寫法；於是教英文的先生，在課餘之暇就又多了一門專爲學生拚英文名字的工作。有幾位想走捷徑的同學，並且還去問過先生，外國百家姓和外國三字經有沒有得買的？先生笑著回答說，外國百家姓和三字經，就只有你們在讀的那一本潑剌瑪的時候，同學們於失望之餘，反更是皮哀排，皮衣啤地叫得起勁。當然是不用說的，學英文還沒有到一個禮拜，幾本當教科書用的《十三經注疏》，《御批通鑑輯覽》的黃封面上，大家都各自用墨水筆題上了英文拚的歪斜的名字。又進一步，便是用了異樣的發音，操英文說著「你是一隻狗」。「我是你的父親」之類的話，大家互討便宜的混戰；而實際上，有幾位鄉下的同學，卻已經真的是兩三個小孩子的父親了。

因爲一班之中，我的年齡算最小，所以自修室裡，當監課的先生走後，另外的同學們在密語著哄笑著的關於男女的問題，我簡直一點兒也感不到興趣。從性知識發育落後的一點上說，我確不得不承認自己是一個最低能的人。又因自小就習於孤獨，困於家境的結果，怕羞的心，畏縮的性，更使我的膽量，變得異常的小。在課堂上，坐在我左邊的一位同學，年紀只比我大了一歲，他家裡有幾位相貌長得和他一樣美的姊妹，並且住得也和學堂很近很近。因此，在校裡，他就是被同學們苦纏得最厲害的一個；而禮拜天或假日，他的家裡，就成了同學們的聚集的地方。當課餘之暇，或放假期裡，他原也懇切地邀過我幾次，邀我上他家裡去玩去；但形穢之感，終於把我的嚮往之心壓住，曾有好幾次想決心跟了他上他家去，可是到了他們的門口，卻又同罪犯似的逃了。他以他的美貌，以他的財富和姊妹，不但在學堂裡博得了絕大的聲勢，就是在我們那小小的縣城裡，也贏得了一般的好譽。而尤其使我羨慕的，是他的那一種對同我們是同年輩的異性們的周旋才略，當時我們縣城裡的幾位相貌比較艷麗一點的女性，個個是和他要好的，但他也實在真膽大，真會取巧。

當時同我們是同年輩的女性，裝飾入時，態度豁達，爲大家所稱道的，有三個。一個是一位在上海開店，富甲一邑的商人趙某的侄女；她住得和我最近。還有兩個，也是比較富有的中產人家的女兒，在交通不便的當時，已經各跟了她們家裡的親戚，到杭州上海等地方去跑跑了；她們倆，卻都是我那位同學的鄰居。這三個女性的門前，當傍晚的時候，或月明的中夜，老有一個一個的黑影在徘徊；這些黑影的當中，有不少卻是我們的同學。因爲每到禮拜一的早晨，沒有上課之先，我老聽見有同學們在操場上笑說在一道，並且時時還高聲地用著英文作了隱語，如「我看見她了！」「我聽見她在讀書」之類。而無論在什麼地方於什麼時候的凡關於這一類的談話的中心人物，總是課堂上坐在我的右邊，年齡只比我大一歲的那一位天之驕子。

趙家的那位少女，皮色實在細白不過，臉形是瓜子臉；更因爲她家裡有了幾個錢，而又時常上上海她叔父那裡去走動的緣故，衣服式樣的新異，自然可以不必說，就是做衣服的材料之類，也都是當時未開通的我們所不曾見過的。她們家裡，只有一位寡母和一個年輕的女僕，而住的房子卻很大很大。門前是一排柳樹，柳樹下還雜種著些鮮花；對面的一帶紅牆，是學宮的泮水圍牆，泮池上的大樹，枝葉垂到了牆外，紅綠便映成著一色。當濃春將過，首夏初來的春三四月，腳踏著日光下石砌路上的樹影，手捉著撲面飛舞的楊花，到這一條路上去走走，就是沒有什麼另外的奢望，也很有點像夢裡的遊行，更何況樓頭窗裡，時常會有那一張少女的粉臉出來向你拋一眼兩眼的低眉斜視呢！

此外的兩個女性，相貌更是完整，衣飾也盡夠美麗，並且因爲她倆的住址接近，出來總在一道，平時在家，也老在一處，所以膽子也大，認識的人也多。她們在二十餘年前的當時，已經是開放得很，有點像現代的自由女子了，因而上她們家裡去鬼混，或到她們門前去守望的青年，數目特別的多，種類也自然要雜。

我雖則膽量很小，性知識完全沒有，並且也有點過分的矜持，以爲成日地和女孩子們混在一道，是讀書人的大恥，是沒出息的行爲；但到底還是一個亞當的後裔，喉頭的蘋果，怎麼也吐它不出咽它不下，同北方厚雪地下的細草萌芽一樣，到得冬來，自然也難免得有些望春之意；老實說將出來，我偶爾在路上遇見她們中間的無論哪一個，或湊巧在她們門前走過一次的時候，心裡也著實有點兒難受。

住在我那同學鄰近的兩位，因爲距離的關係，更因爲她們的處世知識比我長進，人生經驗比我老成得多，和我那位同學當然是早已有過糾葛，就是和許多不是學生的青年男子，也各已有了種種的風說，對於我雖像是一種含有毒汁的妖艷的花，誘惑性或許格外的強烈，但明知我自己決不是她們的對手，平時不過於遇見的時候有點難以爲情的樣子，此外倒也沒有什麼了不得的思慕，可是那一位趙家的少女，卻整整地惱亂了我兩年的童心。

我和她的住處比較得近，故而三日兩頭，總有著見面的機會。見面的時候，她或許是無心，只同對於其他的同年輩的男孩子打招呼一樣，對我微笑一下，點一點頭，但在我卻感得同犯了大罪被人發覺了的樣子，和她見面一次，馬上要變得頭昏耳熱，胸腔裡的一顆心突突地總有半個鐘頭好跳。因此，我上學去或下課回來；以及平時在家或出外去的時候，總無時無刻不在留心，想避去和她的相見。但遇到了她，等她走過去後，或用功用得很疲乏把眼睛從書本子舉起的一瞬間，心裡又老在盼望，盼望著她再來一次，再上我的眼面前來立著對我微笑一臉。

有時候從家中進出的人的口裡傳來，聽說「她和她母親又上上海去了，不知要什麼時候回來？」我心裡會同時感到一種像釋重負又像失去了什麼似的憂慮，生怕她從此一去，將永久地不回來了。

同芭蕉葉似地重重包裹著的我這一顆無邪的心，不知在什麼地方，透露了消息，終於被課堂上坐在我左邊的那位同學看穿了。一個禮拜六的下午，落課之後，他輕輕地拉著了我的手對我說：「今天下午，趙家的那個小丫頭，要上倩兒家去，你願不願意和我同去一道玩兒？」這裡所說的倩兒，就是那兩位他鄰居的女孩子之中的一個的名字。我聽了他的這一句密語，立時就漲紅了臉，喘急了氣，囁嚅著說不出一句話來回答他，盡在拚命的搖頭，表示我不願意去，同時眼睛裡也水汪汪地想哭出來的樣子；而他卻似乎已經看破了我的隱衷，得著了我的同意似地用強力把我拖出了校門。

到了倩兒她們的門口，當然又是一番爭執，但經他大聲的一喊，門裡的三個女孩，卻同時笑著跑出來了；已經到了她們的面前，我也沒有什麼別的辦法了，自然只好俯著首，紅著臉，同被綁赴刑場的死刑囚似地跟她們到了室內。經我那位同學帶了滑稽的聲調將如何把我拖來的情節說了一遍之後，她們接著就是一陣大笑。我心裡有點氣起來了，以爲她們和他在侮辱我，所以於羞愧之上，又加了一層怒意。但是奇怪得很，兩隻腳卻軟落來了，心裡雖在想一溜跑走，而腿神經終於不聽命令。跟她們再到客房裡去坐下，看他們四人捏起了骨牌，我連想跑的心思也早已忘掉，坐將在我那位同學的背後，眼睛雖則時時在注視著牌，但間或得著機會，也著實向她們的臉部偷看了許多次數。等她們的輸贏賭完，一餐東道的夜飯吃過，我也居然和她們伴熟，有說有笑了。臨走的時候，倩兒的母親還派了我一個差使，點上燈籠，要我把趙家的女孩送回家去。自從這一回後，我也居然入了我那同學的夥，不時上趙家和另外的兩女孩家去進出了；可是生來膽小，又加以畢業考試的將次到來，我的和她們的來往，終沒有像我那位同學似的繁密。

正當我十四歲的那一年春天（一九〇九，宣統元年己酉），是舊曆正月十三的晚上，學堂裡於白天給與了我以畢業文憑及增生執照之後，就在大廳上擺起了五桌送別畢業生的酒宴。這一晚的月亮好得很，天氣也溫暖得像二三月的樣子。滿城的爆竹，是在慶祝新年的上燈佳節，我於喝了幾杯酒後，心裡也感到了一種不能抑制的歡欣。出了校門，踏著月亮，我的雙腳，便自然而然地走向了趙家。她們的女僕陪她母親上街去買蠟燭水果等過元宵的物品去了，推門進去，我只見她一個人拖著了一條長長的辮子，坐在大廳上的桌子邊上洋燈底下練習寫字。

聽見了我的腳步聲音，她頭也不朝轉來，只曼聲地問了一聲「是誰？」我故意屏著聲，提著腳，輕輕地走上了她的背後，一使勁一口就把她面前的那盞洋燈吹滅了。月光如潮水似地浸滿了這一座朝南的大廳，她於一聲高叫之後，馬上就把頭朝了轉來。我在月光裡看見了她那張大理石似的嫩臉，和黑水晶似的眼睛，覺得怎麼也熬忍不住了，順勢就伸出了兩隻手去，捏住了她的手臂。兩人的中間，她也不發一語，我也並無一言，她是扭轉了身坐著，我是向她立著的。她只微笑著看看我看看月亮，我也只微笑著看看她看看中庭的空處，雖然此外的動作，輕薄的邪念，明顯的表示，一點兒也沒有，但不曉怎樣一股滿足，深沉，陶醉的感覺，竟同四周的月光一樣，包滿了我的全身。

兩人這樣的在月光裡沉默著相對，不知過了多久，終於她輕輕地開始說話了：「今晚上你在喝酒？」「是的，是在學堂裡喝的。」到這裡我才放開了兩手，向她邊上的一張椅子裡坐了下去。「明天你就要上杭州去考中學去麼？」停了一會，她又輕輕地問了一聲。「噯，是的，明朝坐快班船去。」兩人又沉默著，不知坐了幾多時候，忽聽見門外頭她母親和女僕說話的聲音漸漸兒的近了，她於是就忙著立起來擦洋火，點上了洋燈。

她母親進到了廳上，放下了買來的物品，先向我說了些道賀的話，我也告訴了她，明天將離開故鄉到杭州去；談不上半點鐘的閒話，我就匆匆告辭出來了。在柳樹影裡披了月光走回家來，我一邊回味著剛才在月光裡和她兩人相對時的沉醉似的恍惚，一邊在心的底裡，忽兒又感到了一點極淡極淡，同水一樣的春愁。

遠一程，再遠一程！

自富陽到杭州，陸路驛程九十里，水道一百里；三十多年前頭，非但汽車路沒有，就是錢塘江裏的小火輪，也是沒有的。那時候到杭州去一趟，鄉下人叫作充軍，以爲杭州是和新疆伊犁一樣的遠，非犯下流罪，是可以不去的極邊。因而到杭州去之先，家裏非得供一次祖宗，虔誠禱告一番不可，意思是要祖宗在天之靈，一路上去保護著他們的子孫。而鄰里戚串，也總都來送行，吃過夜飯，大家手提著燈籠，排成一字，沿江送到夜航船停泊的埠頭，齊叫著「順風！順風！」才各回去。搖夜航船的船夫，也必在開船之先，沿江絕叫一陣，說船要開了，然後再上舵梢去燒一堆紙帛，以敬神明，以賂惡鬼。當我去杭州的那一年，交通已經有一點進步了，於夜航船之外，又有了一次日班的快班船。

因爲長兄已去日本留學，二兄入了杭州的陸軍小學堂，年假是不放的，祖母母親，又都是女流之故，所以陪我到杭州去考中學的人選，就落到了一位親戚的老秀才的頭上。這一位老秀才的迂腐迷信，實在要令人吃驚，同時也可以令人起敬。他於早餐吃了之後，帶著我先上祖宗堂前頭去點了香燭，行了跪拜，然後再向我祖母母親，作了三個長揖；雖在白天，也點起了一盞仁壽堂郁的燈籠，臨行之際，還回到祖宗堂面前去拔起了三株柄香和燈籠一道揑在手裏。祖母爲憂慮著我這一個最小的孫子，也將離鄉別井，遠去杭州之故，三日前就愁眉不展，不大吃飯不大說話了；母親送我們到了門口，「一路要……順風……順風！……」地說了半句未完的話，就跑回到了屋裏去躲藏，因爲出遠門是要吉利的，眼淚決不可以教遠行的人看見。

船開了，故鄉的城市山川，高低搖晃著漸漸兒退向了後面；本來是滿懷著希望，興高采烈在船艙裏坐著的我，到了縣城極東面的幾家人家也看不見的時候，鼻子裏忽而起了一陣酸溜。正在和那老秀才談起的作詩的話，也只好突然中止了，爲遮掩著自己的脆弱起見，我就從網籃裏拿出了幾冊《古唐詩合解》來讀。但事不湊巧，信手一翻，恰正翻到了「離家日趨遠，衣帶日趨緩，心思不能言，腸中車輪轉」的幾句古歌，書本上的字跡模糊起來了，雙頰上自然止不住地流下了兩條冷冰冰的眼淚。歪倒了頭，靠住了艙板上的一捲舖蓋，我只能裝作想睡的樣子。但是眼睛不閉倒還好些，等眼睛一閉攏來，腦子裏反而更猛烈地起了狂飆。我想起了祖母母親，當我走後的那一種孤冷的情形；我又想起了在故鄉城裏當這一忽兒的大家的生活起居的樣子，在一種每日習熟的周圍環境之中，卻少了一個「我」了，太陽總依舊在那裏曬著，市街上總依舊是那麼熱鬧的；最後，我還想起了趙家的那個女孩，想起了昨晚上和她在月光裏相對的那一刻的春宵。

少年的悲哀，畢竟是易消的春雪；我躺下身體，閉上眼睛，流了許多暗淚之後，弄假成真，果然不久就呼呼地熟睡了過去。等那位老秀才搖我醒來，叫我吃飯的時候，船卻早已過了漁山，就快入錢塘的境界了。幾個鐘頭的安睡，一頓飽飯的快啖，和船篷外的山水景色的變換，把我滿抱的離愁，洗滌得乾乾淨淨；在孕實的風帆下引領遠望著杭州的高山，和老秀才談談將來的日子，我心裏又鼓起了一腔勇進的熱意：「杭州在望了，以後就是不可限量的遠大的前程！」

當時的中學堂的入學考試，比到現在，著實還要容易；我考的杭府中學，還算是杭州三個中學——其他的兩個，是宗文和安定——之中，最難考的一個，但一篇中文，兩三句英文的翻譯，以及四題數學，只教有兩小時的工夫，就可以繳卷了事的。等待放榜之前的幾日閒暇，自然落得去遊遊山玩玩水，杭州自古是佳麗的名區，而西湖又是可以比得西子的消魂之窟。

三十年來，杭州的景物，也大變了；現在回想起來，覺得舊日的杭州，實在比現在，還要可愛得多。

那時候，自錢塘門裏起，一直到湧金門內止，城西的一角，是另有一道雉牆圍著的，爲滿人留守綠營兵駐防的地方，叫做旗營；平常是不大有人進去，大約門禁總也是很森嚴的無疑，因爲將軍以下，千總把總以上，參將，都司，游擊，守備之類的將官，都住在裏頭。遊湖的人，只有坐了轎子，出錢塘門，或到湧金門外去船的兩條路；所以湧金門外臨湖的頤園三雅園的幾家茶館，生意興隆，座客常常擠滿。而三雅園的陳設，實在也精雅絕倫，四時有鮮花的擺設，牆上門上，各有詠西湖的詩詞屏幅聯語等貼的貼掛的掛在那裏。並且還有小吃，像煮空的豆腐乾，白蓮藕粉等，又是價廉物美的消閒食品。其次爲遊人所必到的，是城隍山了。四景園的生意，有時候比三雅園還要熱鬧，「城隍山上去吃酥油餅」這一句俗話，當時是無人不曉得的一句隱語，是說鄉下人上大菜館要做洋盤的意思。而酥油餅的價錢的貴，味道的好，和吃不飽的幾種特性，也是盡人皆知的事實。

我從鄉下初到杭州，而又同大觀園裏的香菱似地剛在私私地學做詩詞，一見了這一區假山盆景似的湖山，自然快活極了；日日和那位老秀才及第二位哥哥喝喝茶，爬爬山，等到榜發之後，要繳學膳費進去的時候，帶來的幾個讀書資本，卻早已消費了許多，有點不足了。在人地生疏的杭州，借是當然借不到的；二哥哥的陸軍小學裏每月只有二元也不知三元錢的津貼，自己做零用，還很勉強，更哪裏有餘錢來爲我彌補？

在旅館裏唉聲嘆氣，自怨自艾，正想廢學回家，另尋出路的時候，恰巧和我同班畢業的三位同學，也從富陽到杭州來了；他們是因爲杭府中學難考，並且費用也貴，預備一道上學膳費比較便宜的嘉興去進府中的。大家會聚攏來一談一算，覺得我手頭所有的錢，在杭州果然不夠讀半年書，但若上嘉興去，則連來回的車費也算在內，足可以維持半年而有餘。窮極計生，膽子也放大了，當日我就決定和他們一道上嘉興去讀書。

第二天早晨，別了哥哥，別了那位老秀才，和同學們一起四個，便上了火車，向東的上離家更遠的嘉興府去。在把杭州已經當作極邊看了的當時，到了言語風習完全不同的嘉興府後，懷鄉之念，自然是更加得迫切。半年之中，當寢室的油燈滅了，或夜膳剛畢，操場上暗沉沉沒有旁的同學在的地方，我一個人真不知流盡了多少的思家的熱淚。

憂能傷人，但憂亦能啓智；在孤獨的悲哀裏沉浸了半年，暑假中重回到故鄉的時候，大家都說我長成得像一個大人了。事實上，因爲在學堂裏，被懷鄉的愁思所苦擾，我沒有別的辦法好想，就一味的讀書，一味的做詩。並且這一次自嘉興回來，路過杭州，又住了一日；看看袋裏的錢，也還有一點盈餘，湖山的賞玩，當然不再去空費錢了，從梅花碑的舊書鋪裏，我竟買來了一大堆書。

這一大堆書裏，對我的影響最大，使我那一年的暑假期，過得非常快活的，有三部書，一部是黎城靳氏的《吳詩集覽》，因爲吳梅村的夫人姓郁，我當時雖則還不十分懂得他的詩的好壞，但一想到他是和我們郁氏有姻戚關係的時候，就莫名其妙地感到了一種親熱。一部是無名氏編的《庚子拳匪始末記》，這一部書，從戊戌政變說起，說到六君子的被害，李蓮英的受寵，聯軍的入京，圓明園的縱火等地方，使我滿肚子激起了義憤。還有一部，是署名曲阜魯陽生孔氏編定的《普天忠憤集》，甲午前後的章奏議論，詩詞賦頌等慷慨激昂的文章，收集得很多；讀了之後，覺得中國還有不少的人才在那裏，亡國大約是不會亡的。而這三部書讀後的一個總感想，是恨我出世得太遲了，前既不能見吳梅村那樣的詩人，和他去做個朋友，後又不曾躬逢著甲午庚子的兩次大難，去衝鋒陷陣地嘗一嘗打仗的滋味。

這一年的暑假過後，嘉興是不想再去了；所以秋期始業的時候，我就仍舊轉入了杭府中學的一年級。

裏外湖的荷葉荷花，已經到了凋落的初期，堤邊的楊柳，影子也淡起來了。幾隻殘蟬，剛在告人以秋至的七月裏的一個下午，我又帶了行李，到了杭州。

因爲是中途插班進去的學生，所以在宿舍裏，在課堂上，都和同班的老學生們，彷彿是兩個國家的國民。從嘉興府中，轉到了杭州府中，離家的路程，雖則是近了百餘里，但精神上的孤獨，反而更加深了！不得已，我只好把熱情收斂，轉向了內，固守著我自己的壁壘。

當時的學堂裏的課程，英文雖也是重要的科目，但究竟還是舊習難除，中國文依舊是分別等第的最大標準。教國文的那一位桐城派的老將王老先生，於幾次作文之後，對我有點注意起來了，所以進校後將近一個月光景的時候，同學們居然贈了我一個「怪物」的綽號；因爲由他們眼裏看來，這一個不善交際，衣裝樸素，說話也不大會說的鄉下蠢才，做起文章來，竟也會得壓倒儕輩，當然是一件非怪物不能的天大的奇事。

杭州終於是一個省會，同學之中，大半是錦衣肉食的鄉宦人家的子弟。因而同班中衣飾美好，肉色細白，舉止嫻雅，談吐溫存的同學，不知道有多少。而最使我驚異的，是每一個這樣的同學，總有一個比他年長一點的同學，附隨在一道的那一種現象。在小學裏，在嘉興府中裏，這一種風氣，並不是說沒有，可是決沒有像當時杭州府中那麼的風行普遍。而有幾個這樣的同學，非但不以被視作女性爲可恥，竟也有熏香傅粉，故意在裝腔作怪，賣弄富有的。我對這一種情形看得真有點氣，向那一批所謂Foe①的同學，當然是很明顯地表示了惡感，就是向那些年長一點的同學，也時時露出了敵意；這麼一來，我的「怪物」之名，就愈傳愈廣，我與他們之間的一條牆壁，自然也愈築愈高了。

在學校裏既然成了一個不入夥的孤獨的游離分子，我的情感，我的時間與精力，當然只有鑽向書本子去的一條出路。於是幾個由零用錢裏節省下來的僅少的金錢，就做了我的唯一娛樂積買舊書的源頭活水。

那時候的杭州的舊書鋪，都聚集在豐樂橋，梅花碑的兩條直角形的街上。每當星期假日的早晨，我仰臥在床上，計算計算在這一禮拜裏可以省下來的金錢，和能夠買到的最經濟最有用的冊籍，就先可以得著一種快樂的預感。有時候在書店門前徘徊往復，稽延得久了，趕不上回宿舍來吃午飯，手裏夾了書籍上大街羊湯飯店間壁的小麵館去吃一碗清麵，心裏可以同時感到十分的懊恨與無限的快慰。恨的是一碗清麵的幾個銅子的浪費，快慰的是一邊吃麵一邊翻閱書本時的那一刹那的恍惚；這恍惚之情，大約是和哥倫布當發見新大陸的時候所感到的一樣。

真正指示我以做詩詞的門徑的，是《留青新集》裏的《滄浪詩話》和《白香詞譜》。《西湖佳話》中的每一篇短篇，起碼我總讀了兩遍以上。以後是流行本的各種傳奇雜劇了，我當時雖則還不能十分欣賞它們的好處，但不知怎麼，讀了之後的那一種朦朧的回味，彷彿是當三春天氣，喝醉了幾十年陳的醇酒。

既與這些書籍發生了曖昧的關係，自然不免要養出些不自然的私生兒子！在嘉興也曾經試過的稚氣滿幅的五七言詩句，接二連三地在一冊紅格子的作文簿上寫滿了；有時候興奮得厲害，晚上還妨礙了睡覺。

模仿原是人生的本能，發表欲，也是同吃飯穿衣一樣地強的青年作者內心的要求。歌不像歌詩不像詩的東西積得多了，第二步自然是向各報館的匿名的投稿。

一封信寄出之後，當晚就睡不安穩了，第二天一早起來，就溜到閱報室去看報有沒有送來。早餐上課之類的事情，只能說是一種日常行動的反射作用；舌尖上哪裡還感得出滋味？講堂上更哪裡還有心思去聽講？下課鈴一搖，又只是逃命似地向閱報室的狂奔。

第一次的投稿被採用的，記得是一首模仿宋人的五古，報紙是當時的《全浙公報》。當看見了自己綴聯起來的一串文字，被植字工人排印出來的時候，雖然是用的匿名，閱報室裏也決沒有人會知道作者是誰，但心頭正在狂跳著的我的臉上，馬上就變成了朱紅。洪的一聲，耳朵裏也響了起來，頭腦搖晃得像坐在船裏。眼睛也沒有主意了，看了又看，看了又看，雖則從頭至尾，把那一串文字看了好幾遍，但自己還在疑惑，怕這並不是由我投去的稿子。再狂奔出去，上操場去跳繞一圈，回來重新又拿起那張報紙，按住心頭，複看一遍，這才放心，於是乎方始感到了快活，快活得想大叫起來。

當時我用的假名很多很多，直到兩三年後，覺得投稿已經有七八成的把握了，才老老實實地用上了我的真名實姓。大約舊報紙的收藏家，圈起二十幾年前的《全浙公報》《之江日報》以及上海的《神州日報》來，總還可以看到我當時所做的許多狗屁不通的詩句。現在我非但舊稿無存，就是一聯半句的字眼也想不起來了，與當時的廢寢忘食的熱心情形來一對比，進步當然可以說是進了步，但是老去的頹唐之感，也著實可以催落我幾滴自傷的眼淚。

就在那一年（一九〇九年）的冬天，留學日本的長兄回到了北京，以小京官的名義被派上了法部去行走。入陸軍小學的第二位哥哥，也在這前後畢了業，入了一處隸屬於標統底下的旁系駐防軍隊，而任了排長。

一文一武的這兩位芝麻綠豆官的哥哥，在我們那小小的縣裏，自然也聳動了視聽；但因家裏的經濟，稍稍寬裕了一點的結果，在我的求學程序上，反而促生了一種意外的脫線。

在外面的學堂裏住足了一年，又在各報上登載了幾次詩歌之後，我自以為學問早就超出了和我同時代的同年輩者，覺得按步就班的和他們在一道讀死書，是不上算也是不必要的事情。所以到了宣統二年（一九一〇）的春期始業的時候，我的書桌上竟收集起了一大堆大學中學招考新生的簡章！比較著，研究著，我真想一口氣就讀完了當時學部所定的大學及中學的學程。

中文呢，自己以為總可以對付的了；科學呢，在前面也曾經說過，為大家所不重視的；算來算去，只有英文是頂重要而也是我所最欠缺的一門。「好！就專門去讀英文罷！英文一通，萬事就好辦了！」這一個幼稚可笑的想頭，就是使我離開了正規的中學，去走教會學堂那一條捷徑的原動力。

清朝末年，杭州的有勢力的教會學校，有英國聖公會和美國長老會浸禮會的幾個系統。而長老會辦的育英書院，剛在山水明秀的江幹新建校舍，改稱大學。頭腦簡單，只知道崇拜大學這一個名字的我這毛頭小子，自然是以進大學為最上的光榮，另外更還有什麼奢望哩？但是一進去之後，我的失望，卻比在省立的中學裏讀死書更加大了。

每天早晨，一起床就是禱告，吃飯又是禱告；平時九點到十點是最重要的禮拜儀式，末了又是一篇禱告。《聖經》，是每年級都有的必修重要課目；禮拜天的上午，除出了重病，不能行動者外，誰也要去做半天禮拜。禮拜完後，自然又是禱告，又是查經。這一種信神的強迫，禱告的疊來，以及校內校節細目的窒塞，想是在清朝末年曾進過教會學校的人，誰都曉得的事實，我在此地落得可以不說。

這種叩頭蟲似的學校生活，過上兩月，一位解放的福音宣傳者，竟從免費讀書的候補牧師中間，揭起叛旗來了；原因是為了校長偏護廚子，竟被廚子毆打了學膳費全納的不信教的學生。

學校風潮的發生，經過，和結局，大抵都是一樣的；起始總是全體學生的罷課退校，中間是背盟者的出來復課，結果便是幾個強硬者的開除。不知是幸呢還是不幸，在這一次的風潮裏，我也算是強硬者的一個。

注釋

①愚蠢。

大風圈外

人生的變化，往往是從不可測的地方開展開來的；中途從那一所教會學校退出來的我們，按理是應該額上都負著了該隱的烙印，無處再可以容身了啦，可是城裏的一處浸禮會的中學，反把我們當作了義士，以極優待的條件歡迎了我們進去。這一所中學的那位美國校長，非但態度和藹，中懷磊落，並且還有著外國宣教師中間所絕無僅見的一副很聰明的腦筋。若要找出一點他的壞處來，就在他的用人的不當；在他手下做教務長的一位紹興人，簡直是那種奴顏婢膝，諂事外人，趾高氣揚，壓迫同種的典型的洋狗。

校內的空氣，自然也並不平靜。在自修室，在寢室，議論紛紜，爲一般學生所不滿的，當然是那隻洋狗。

「來它一下罷！」

「吃吃狗肉看！」

「頂好先敲他一頓！」

像這樣的各種密議與策略，雖則很多，可是終於也沒有一個敢首先發難的人。滿腔的怨憤，既找不著一條出路，不得已就只好在作文的時候，發些紙上的牢騷。於是各班的文課，不管出的是什麼題目，總是橫一個嗚呼，豎一個嗚呼地悲啼滿紙，有幾位同學的卷子，從頭至尾統共還不滿五六百字，而嗚呼卻要寫著一二百個。那位改國文的老先生，後來也沒法想了，就出了一個禁令，禁止學生，以後不准再讀再做那些嗚呼派的文章。

那時候這一種「嗚呼」的傾向，這一種不平，怨憤，與被壓迫的悲啼，以及人心躍躍山雨欲來的空氣，實在還不只是一個教會學校裏的輿情；學校以外的各層社會，也像是在大浪裏的樓船，從腳到頂，都在顫搖波動著的樣子。

愚昧的朝廷，受了西宮毒婦的陰謀暗算，一面雖想變法自新，一面又不得不利用了符咒刀槍，把紅毛碧眼的鬼子，盡行殺戮。英法各國屢次的進攻，廣東津沽再三的失陷，自然要使受難者的百姓起來爭奪政權。洪楊的起義，兩湖山東捻子的運動，回民苗族的獨立等等，都在暗示著專制政府滿清的命運，孤城落日，總崩潰是必不能避免的下場。

催促被壓迫至二百餘年之久的漢族結束奮起的，是徐錫麟，熊成基諸先烈的犧牲勇猛的行為；北京的幾次對滿清大員的暗殺事件，又是當時熱血沸騰的一般青年們所受到的最大激刺。而當這前後，此絕彼起地在上海發行的幾家報紙，像《民籲》、《民立》之類，更是直接灌輸種族思想，提倡革命行動的有力的號吹。到了宣統二年的秋冬（一九一〇年庚戌），政府雖則在忙著召開資政院，組織內閣，趕制憲法，冀圖挽回頹勢，欺騙百姓，但四海洶洶，革命的氣運，早就成了矢在弦上，不得不發的局面了。

是在這一年的年假放學之前，我對當時的學校教育，實在是真的感到了絕望，於是自己就定下了一個計畫，打算回家去做從心所欲的自修工夫。第一，外界社會的聲氣，不可不通，我所以想去定一份上海發行的日報。第二，家裏所藏的四部舊籍，雖則不多，但也盡夠我的兩三年的翻讀，中學的根底，當然是不會退步的。第三，英文也已經把第三冊文法讀完了，若能刻苦用工，則比在這種教會學校裏受奴隸教育，心裏又氣，進步又慢的半死狀態，總要痛快一點。自己私私決定了這大膽的計畫以後，在放年假的前幾天，也著實去添買了些預備帶回去作自修用的書籍。等年假考一考完，於一天冬晴的午後，向西跟著挑行李的腳夫，走出候潮門上江幹去坐夜航船回故鄉去的那一刻的心境，我到現在還不能忘記。

「牢獄變相的你這座教會學校啊！以後你對我還更能加以壓迫麼？」

「我們將比比試試，看將來還是你的成績好，還是我的成績好？」

「被解放了！以後便是憑我自己去努力，自己去奮鬥的遠大的前程！」

這一種喜悅，這一種充滿著希望的喜悅，比我初次上杭州來考中學時所感到的，還要緊張，還要肯定。

在故鄉索居獨學的生活開始了，親戚友屬的非難訕笑，自然也時時使我的決心動搖，希望毀滅；但我也已經有十六歲的年紀了，受到了外界的不瞭解我的譏訕之後，當然也要起一種反撥的心理作用。人家若明顯地問我「爲什麼不進學堂去讀書？」不管他是好意還是惡意，我總以「家裏再沒有錢供給我去浪費了」的一句話回報他們。有幾個滿懷著十分的好意，勸告我「在家裏閒住著終不是青年的出路」的時候，我總以「現在正在預備，打算下年就去考大學」的一句衷心話來作答。而實際上這將近兩年的獨居苦學，對我的一生，卻是收穫最多，影響最大的一個預備時代。

每日侵晨，起床之後，我總面也不洗，就先讀一個鐘頭的外國文。早餐吃過，直到中午爲止，是讀中國書的時間，一部《資治通鑑》和兩部《唐宋詩文醇》，就是我當時的課本。下午看一點科學書後，大抵總要出去散一回步。節季已漸漸地進入到了春天，是一九一一宣統辛亥年的春天了，富春江的兩岸，和往年一樣地綠遍了青青的芳草，長滿了裊裊的垂楊。梅花落後，接著就是桃李的亂開；我若不沿著江邊，走上城東鸛山上的春江第一樓去坐看江總或上北門外的野田間去閒步，或出西門向近郊的農村去遊行。

附廓的農民的貧窮與無智，經我幾次和他們接談及觀察的結果，使我有好幾晚不能夠安睡。譬如一家有五六口人口，而又有著十畝田的己產，以及一間小小的茅屋的自作農罷，在近郊的農民中間，已經算是很富有的中上人家了。從四五月起，他們先要種秧田，這二分或三分的秧田大抵是要向人家去租來的，因爲不是水旱無傷的上田，秧就不能種活。租秧田的費用，多則三五元，少到一二元，卻不能再少了。五六月在烈日之下分秧種稻，即使全家出馬，也還有趕不成同時插種的危險；因爲水的關係，氣候的關係，農民的時間，卻也同交易所裏的閒食者們一樣，是一刻也差錯不得的。即使不雇工人，和人家交換做工，而把全部稻田種下之後，三次的耘植與用肥的費用，起碼也要合二三元錢一畝的盤算。倘使天時湊巧，最上的豐年，平均一畝，也只能收到四五石的淨穀；而從這四五石穀裏，除去完糧納稅的錢，除去用肥料租秧田及間或雇用忙工的錢後，省下來還夠得一家五口的一年之食麼？不得已自然只好另外想法，譬如把稻草拿來做草紙，利用田的閒時來種麥種菜種豆類等等，但除稻以外的副作物的報酬，終竟是有限得很的。

耕地報酬漸減的鐵則，豐年穀賤傷農的事實，農民們自然那裏會有這樣的知識；可憐的是他們不但不曉得去改良農種，開闢荒地，一年之中，歲時伏臘，還要把他們汗血錢的大部，去花在求神佞佛，與滿足許多可笑的虛榮的高頭。

所以在二十幾年前頭，即使大地主和軍閥的掠奪，還沒有像現在那麼的厲害，中國農村是實在早已瀕於破產的絕境了，更哪裏還經得起廿年的內亂，廿年的外患，與廿年的剝削呢？

從這一種鄉村視察的閒步回來，在書桌上躺著候我開拆的，就是每日由上海寄來的日報。忽而英國兵侵入雲南占領片馬了，忽而東三省疫病流行了，忽而廣州的將軍被刺了；凡見到的消息，又都是無能的政府，因專制昏庸，而釀成的慘劇。

黃花岡七十二烈士的義舉失敗，接著就是四川省鐵路風潮的勃發，在我們那一個一向是沉靜得同古井似的小縣城裏，也顯然的起了動搖。市面上敲著銅鑼，賣朝報的小販，日日從省城裏到來。臉上畫著八字鬍鬚，身上穿著披開的洋服，有點像外國人似的革命黨員的畫像，印在薄薄的有光洋紙之上，滿貼在茶坊酒肆的壁間，幾個日日在茶酒館中過日子的老人，也降低了喉嚨，皺緊了眉頭，低低切切，很嚴重地談論到了國事。

這一年的夏天，在我們的縣裏西北鄉，並且還出了一次青紅幫造反的事情。省裏派了一位旗籍都統，帶了兵馬來殺了幾個客籍農民之後，城裏的街談巷議，更是顛倒錯亂了；不知從那一處地方傳來的消息，說是每夜四更左右，江上東南面的天空，還出現了一顆光芒拖得很長的掃帚星。我和祖母母親，發著抖，趕著四更起來，披衣上江邊去看了好幾夜，可是掃帚星卻終於沒有看見。

到了陰曆的七八月，四川的鐵路風潮鬧得更凶，那一種謠傳，更來得神秘奇異了，我們的家裏，當然也起了一個波瀾，原因是因爲祖母母親想起了在外面供職的我那兩位哥哥。幾封催他們回來的急信發後，還盼不到他們的覆信的到來，八月十八（陽曆十月九日）的晚上，漢口俄租界裏炸彈就爆發了。從此急轉直下，武昌革命軍的義旗一舉，不消旬日，這消息竟同晴天的霹靂一樣，馬上就震動了全國。

報紙上二號大字的某處獨立，擁某人爲都督等標題，一日總有幾起；城裏的謠言，更是青黃雜出，有的說「杭州在殺沒有辮子的和尚」，有的說「撫台已經逃了」，弄得一般居民，鄉下人逃上了城裏，城裏人逃往了鄉間。

我也日日的緊張著，日日的渴等著報來；有幾次在秋寒的夜半，一聽見喇叭的聲音，便發著抖穿起衣裳，上後門口去探聽消息，看是不是革命黨到了。而沿江一帶的兵船，也每天看見駛過，洋貨鋪裏的五色布匹，無形中銷售出了大半。終於有一天陰寒的下午，從杭州有幾隻張著白旗的船到了，江邊上岸來了幾十個穿灰色制服，荷槍帶彈的兵士。縣城裏的知縣，已於先一日逃走了，報紙上也報著前兩日，上海已為民軍所占領。商會的巨頭，紳士中的幾個有聲望的，以及殘留著在城裏的一位貳尹，聯合起來出了一張告示，開了一次歡迎那幾十位穿灰色制服的兵士的會，家家戶戶便掛上了五色的國旗；杭城光復，我們的這個直接附屬在杭州府下的小縣城，總算也不遭兵燹，而平平穩穩地脫離了滿清的壓制。

平時老喜歡讀悲歌慷慨的文章，自己捏起筆來，也老是痛哭淋漓，嗚呼滿紙的我這一個熱血青年，在書齋裏只想去衝鋒陷陣，參加戰鬥，為眾捨身，為國效力的我這一個革命志士，際遇著了這樣的機會，卻也終於沒有一點作為，也呆立在大風圈外，捏緊了空拳頭，滴了幾滴悲壯的旁觀者的啞淚而已。

海上

大暴風雨過後，小波濤的一起一伏，自然要繼續些時。民國元年二月十二，滿清的末代皇帝宣統下了退位之詔，中國的種族革命，總算告了一個段落。百姓剪去了辮髮，皇帝改作了總統。天下騷然，政府惶惑，官制組織，盡行換上了招牌，新興權貴，也都改穿了洋服。爲改訂司法制度之故，民國二年（一九一三）的秋天，我那位在北京供職的哥哥，就拜了被派赴日本考察之命，於是我的將來的修學行程，也自然而然的附帶著決定了。

眼看著革命過後，餘波到了小縣城裏所惹起的是是非非，一半也抱了希望，一半卻擁著懷疑，在家裏的小樓上悶過了兩個夏天，到了這一年的秋季，實在再也忍耐不住了，即使沒有我的那位哥哥的帶我出去，恐怕也得自己上道，到外邊來尋找出路。

幾陣秋雨一落，殘暑退盡了，在一天晴空浩蕩的九月下旬的早晨，我只帶了幾冊線裝的舊籍，穿了一身半新的夾服，跟著我那位哥哥離開了鄉井。

上海街路樹的洋梧桐葉，已略現了黃蒼，在日暮的街頭，那些租界上的熙攘的居民，似乎也森岑地感到了秋意，我一個人呆立在一品香朝西的露臺欄裏，才第一次受到了大都會之夜的威脅。

遠近的燈火樓臺，街下的馬龍車水，上海原說是不夜之城，銷金之窟，然而國家呢？社會呢？像這樣的昏天黑地般過生活，難道是人生的目的麼？金錢的爭奪，犯罪的公行，精神的浪費，肉欲的橫流，天雖則不會掉下來，地雖則也不會陷落去，可是像這樣的過去，是可以的麼？在僅僅閱世十七年多一點的當時我那幼稚的腦裏，對於帝國主義的險毒，物質文明的糜爛，世界現狀的危機，與夫國計民生的大略等明確的觀念，原是什麼也沒有，不過無論如何，我想社會的歸宿，做人的正道，總還不在這裏。

正在對了這魔都的夜景，感到不安與疑惑的中間，背後房裏的幾位哥哥的朋友，卻談到了天蟾舞臺的迷人的戲劇；晚餐吃後，有人做東道主請去看戲，我自然也做了花樓包廂裏的觀眾的一人。

這時候梅博士還沒有出名，而社會人士的絕望胡行，色情倒錯，也沒有像現在那麼的徹底，所以全國上下，只有上海的一角，在那裏爲男扮女裝的旦角而顛倒；那一晚天蟾舞臺的壓台名劇，是賈璧雲的全本《棒打薄情郎》，是這一位色藝雙絕的小旦的拿手風頭戲；我們於九點多鐘到戲院的時候，樓上樓下觀眾已經是滿坑滿谷，實實在在的到了更無立錐之地的樣子了。四圍的珠璣粉黛，鬢影衣香，幾乎把我這一個初到上海的鄉下青年，窒塞到回不過氣來；我感到了眩惑，感到了昏迷。

最後的一齣賈璧雲的名劇上臺的時候，舞臺燈光加了一層光亮，台下的觀眾也起了動搖。而從腳燈裏照出來的這一位旦角的身材，容貌，舉止與服裝，也的確是美，的確足以挑動台下男女的柔情。在幾個鐘頭之前，那樣的對上海的頹廢空氣，感到不滿的我這不自覺的精神主義者，到此也有點固持不住了。這一夜回到旅館之後，精神興奮，直到了早晨的三點，方才睡去，並且在熟睡的中間，也曾做了色情的迷夢。性的啓發，靈肉的交哄，在這次上海的幾日短短逗留之中，早已在我心裏，起了發酵的作用。

爲購買船票雜物等件，忙了幾日；更爲了應酬來往，也著實費去了許多精力與時間，終於在一天侵早，我們同去者三四人坐了馬車向楊樹浦的滙山碼頭出發了，這時候馬路上還沒有行人，太陽也只出來了一線。自從這一次的離去祖國以後，海外飄泊，前後約莫有十餘年的光景，一直到現在爲止，我在精神上，還覺得是一個無祖國無故鄉的遊民。

太陽升高了，船慢慢地駛出了黃浦，沖入了大海；故國的陸地，縮成了線，縮成了點，終於被地平的空虛吞沒了下去；但是奇怪得很，我鵠立在船艙的後部，西望著祖國的天空，卻一點兒離鄉去國的悲感都沒有。比到三四年前，初去杭州時的那種傷感的情懷，這一回彷彿是在回國的途中。大約因爲生活沉悶，兩年來的蟄伏，已經把我的戀鄉之情，完全割斷了。

海上的生活開始了，我終日立在船樓上，飽吸了幾天天空海闊的自由的空氣。傍晚的時候，曾看了偉大的海中的落日；夜半醒來，又上甲板去看了天幕上的秋星。船出黃海，駛入了明藍到底的日本海的時候，我又深深地深深地感受到了海天一碧，與白鷗水鳥爲伴時的被解放的情趣。我的喜歡大海，喜歡登高以望遠，喜歡遺世而獨處，懷戀大自然而嫌人的傾向，雖則一半也由於天性，但是正當青春的盛日，在四面是海的這日本孤島上過去的幾年生活，大約總也發生了不可磨滅的絕大的影響無疑。

船到了長崎港口，在小島縱橫，山青水碧的日本西部這通商海岸，我才初次見到了日本的文化，日本的習俗與民風。後來讀到了法國羅底的記載這海港的美文，更令我對這位海洋作家，起了十二分的敬意。嗣後每次回國經過長崎心裏總要跳躍半天，彷彿是遇見了初戀的情人，或重翻到了幾十年前寫過的情書。長崎現在雖則已經衰落了，但在我的回憶裏，它卻總保有著那種活潑天真，像處女似地清麗的印象。

半天停泊，船又起錨了，當天晚上，就走到了四周如畫，明媚到了無以復加的瀨戶內海。日本藝術的清淡多趣，日本民族的刻苦耐勞，就是從這一路上的風景，以及四周海上的果園墾植地看來，也大致可以明白。蓬萊仙島，所指的不知是否就在這一塊地方，可是你若從中國東遊，一過瀨戶內海，看看兩岸的山光水色，與夫岸上的漁戶農村，即使你不是秦朝的徐福，總也要生出神仙窟宅的幻想來，何況我在當時，正值多情多感，中國歲是十八歲的青春期哩！

由神戶到大阪，去京都，去名古屋，一路上且玩且行，到東京小石川區一處高臺上租屋住下，已經是十月將終，寒風有點兒可怕起來了。改變了環境，改變了生活起居的方式，言語不通，經濟行動，又受了監督沒有自由，我到東京住下的兩三個月裏，覺得是入了一所沒有枷鎖的牢獄，靜靜兒的回想起來，方才感到了離家去國之悲，發生了不可遏止的懷鄉之病。

在這鬱悶的當中，左思右想，唯一的出路，是在日本語的早日的諳熟，與自己獨立的經濟的來源。多謝我們國家文化的落後，日本與中國，曾有國立五校，開放收受中國留學生的約定。中國的日本留學生，只教能考上這五校的入學試驗，以後一直到畢業爲止，每月的衣食零用，就有官費可以領得；我於絕望之餘，就於這一年的十一月，入了學日本文的夜校，與補習中學功課的正則預備班。

早晨五點鐘起床，先到附近的一所神社的草地裏去高聲朗誦著「上野的櫻花已經開了」，「我有著許多的朋友」等日文初步的課文，一到八點，就嚼著麵包，步行三里多路，走到神田的正則學校去補課。以二角大洋的日用，在牛奶店裏吃過午餐與夜飯，晚上就是三個鐘頭的日本文的夜課。

天氣一日一日的冷起來了，這中間自然也少不了北風的雨雪。因爲日日步行的終果，皮鞋前開了口，後穿了孔。一套在上海做的夾呢學生裝，穿在身上，仍同裸著的一樣；幸虧有了幾年前一位在日本曾入過陸軍士官學校的同鄉，送給了我一件陸軍的制服，總算在晴日當作了外套，雨日當作了雨衣，禦了一個冬天的寒。這半年中的苦學，我在身體上，雖則種下了致命的呼吸器的病根，但在智識上，卻比在中國所受的十餘年的教育，還有一程的進境。

第二年的夏季招考期近了，我爲決定要考入官費的五校去起見，更對我的功課與日語，加緊了速力。本來是每晚於十一點就寢的習慣，到了三月以後，也一天天的改過了；有時候與教科書本煢煢相對，竟會到了附近的炮兵工廠的汽笛，早晨放五點鐘的夜工時，還沒有入睡。

必死的努力，總算得到了相當的酬報，這一年的夏季，我居然在東京第一高等學校的入學考試裏占取了一席。到了秋季始業的時候，哥哥因爲一年的考察期將滿，準備回國來覆命，我也從他們的家裏，遷到了學校附近的宿店。於八月底邊，送他們上了歸國的火車，領到了第一次的自己的官費，我就和家庭，和戚屬，永久地斷絕了連絡。從此野馬韁弛，風箏線斷，一生中潦倒飄浮，變成了一隻沒有舵楫的孤舟，計算起時日來，大約與第一次世界大戰的開始，差不多是在同一的時候。

日本的文化，雖則缺乏獨創性，但她的模仿，卻是富有創造的意義的；禮教仿中國，政治法律軍事以及教育等設施法德國，生產事業泛效歐美，而以她固有的那種輕生愛國，耐勞持久的國民性做了中心的支柱。根底雖則不深，可枝葉卻張得極茂，發明發見等創舉雖則絕無，而進步卻來得很快。我在那裏留學的時候，明治的一代，已經完成了它的維新的工作；老樹上接上了青枝，舊囊裝入了新酒，渾成圓熟，差不多絲毫的破綻都看不出來了；新興國家的氣象，原屬雄偉，新興國民的舉止，原也豁蕩，但對於奄奄一息的我們這東方古國的居留民，尤其是暴露己國文化落伍的中國留學生，卻終於是一種絕大的威脅。說侮辱當然也沒有什麼不對，不過咎由自取，還是說得含蓄一點叫作威脅的好。

只在小安逸裏醉生夢死，小圈子裏奪利爭權的黃帝之子孫，若要教他領悟一下國家的觀念的，最好是叫他到中國領土以外的無論那一國去住上兩三年。印度民族的曉得反英，高麗民族的曉得抗日，就因為他們的祖國，都變成了外國的緣故。有智識的中上流日本國民，對中國留學生，原也在十分的籠絡；但笑裏藏刀，深感著「不及錯覺」的我們這些神經過敏的青年，胸懷那裏能夠坦白到像現在當局的那些政治家一樣；至於無智識的中下流——這一流當然是國民中的最大多數——大和民種，則老實不客氣，在態度上言語上舉動上處處都直叫出來在說：「你們這些劣等民族，亡國賤種，到我們這管理你們的大日本帝國來做什麼！」簡直是最有成績的對於中國人使瞭解國家觀念的高等教師了。

是在日本，我開始看清了我們中國在世界競爭場裏所處的地位；是在日本，我開始明白了近代科學——不問是形而上或形而下——的偉大與湛深；是在日本，我早就覺悟到了今後中國的運命，與夫四萬五千萬同胞不得不受的煉獄的歷程。而國際地位不平等的反應，弱國民族所受的侮辱與欺凌，感覺是最深切而亦最難忍受的地方，是在男女兩性，正中了愛神毒箭的一刹那。

日本的女子，一例地是柔和可愛的；她們歷代所受的，自從開國到如今，都是順從男子的教育。並且因為向來人口不繁，衣飾起居簡陋的結果，一般女子對於守身的觀念，也沒有像我們中國那麼的固執。又加以纏足深居等習慣毫無，操勞工作，出入里巷，行動都和男子無差；所以身體大抵總長得肥碩完美，決沒有臨風弱柳，瘦似黃花等的病貌。更兼島上火山礦泉獨多，水分富含異質，因而關東西靠山一帶的女人，皮色滑膩通明，細白得像似磁體；至如東北內地雪國裏的嬌娘，就是在日本也有雪美人的名稱，她們的肥白柔美，更可以不必說了。所以諳熟了日本的言語風習，謀得了自己獨立的經濟來源，揖別了血族相連的親戚弟兄，獨自一個在東京住定以後，於旅舍寒燈的底下，或街頭漫步的時候，最惱亂我的心靈的，是男女兩性間的種種牽引，以及國際地位落後的大悲哀。

兩性解放的新時代，早就在東京的上流社會——尤其是智識階級，學生群衆——裏到來了。當時的名女優像衣川孔雀，森川律子輩的妖豔的照相，化裝之前的半裸體的照相，婦女畫報上的淑女名姝的記載，東京聞人的姬妾的豔聞等等，凡足以挑動青年心理的一切對象與事件，在這一個世紀末的過渡時代裏，來得特別的多，特別的雜。伊孛生的問題劇，愛倫凱的戀愛與結婚，自然主義派文人的醜惡暴露論，富於刺激性的社會主義兩性觀，凡這些問題，一時竟如潮水似地殺到了東京，而我這一個靈魂潔白，生性孤傲，感情脆弱，主意不堅的異鄉遊子，便成了這洪潮上的泡沫，兩重三重地受到了推擠，渦漩，淹沒，與消沉。

當時的東京，除了幾個著名的大公園，以及淺草附近的娛樂場外，在市內小石川區的有一座植物園，在市外武藏野的有一個井之頭公園，是比較高尚清幽的園遊勝地；在那裏有的是四時不斷的花草，青蔥欲滴的列樹，涓涓不息的清流，和討人歡喜的馴獸與珍禽。你若於風和日暖的春初，或天高氣爽的秋晚，去閒行獨步，總能遇到些年齡相並的良家少女，在那裏採花，唱曲，涉水，登高。你若和她們去攀談，她們總一例地來酬應；大家談著，笑著，草地上躺著，吃吃帶來的糖果之類，像在夢裏，也像在醉後，不知不覺，一日的光陰，會箭也似的飛度過去。

而當這樣的一度會合之後，有時或竟在會合的當中，從歡樂的絕頂，你每會立時掉入到絕望的深淵底裏去。這些無邪的少女，這些絕對服從男子的麗質，她們原都是受過父兄的薰陶的，一聽到了弱國的支那兩字，那裏還能夠維持她們的常態，保留她們的人對人的好感呢？支那或支那人的這一個名詞，在東鄰的日本民族，尤其是妙年少女的口裏被說出的時候，聽取者的腦裏心裏，會起怎麼樣的一種被侮辱，絕望，悲憤，隱痛的混合作用，是沒有到過日本的中國同胞，絕對地想像不出來的。

在東京第一高等學校的預科裏住滿了一年，像上面所說過的那種強烈的刺激，不知受盡了多少次，我於民國四年（一九一五乙卯）的秋天，離開東京，上日本西部的那個商業都會名古屋去進第八高等學校的時候，心裏真充滿了無限的悲涼與無限的咒詛；對於兩三年前曾經抱了熱望，高高興興地投入到她懷裏去的這異國的首都，真想第二次不再來見她的面。

名古屋的高等學校，在離開街市中心有兩三里地遠的東鄉區域。到了這一區中國留學生比較得少的鄉下地方，所受的日本國民的輕視虐待，雖則減少了些，但因爲二十歲的青春，正在我的體內發育伸張，所以性的苦悶，也昂進到了不可抑止的地步。是在這一年的寒假考考了之後，關西的一帶，接連下了兩天大雪。我一個人住在被厚雪封鎖住的鄉間，覺得怎麼也忍耐不住了，就在一天雪片還在飛舞著的午後，踏上了東海道線開往東京去的客車。在孤冷的客車裏喝了幾瓶熱酒，看看四面並沒有認識我的面目的旅人，膽子忽而放大了，於到了夜半停車的一個小驛的時候，我竟同被惡魔纏附著的人一樣，飄飄然跳下了車廂。

日本的妓館，本來是到處都有的，但一則因爲怕被熟人的看見，再則慮有病毒的糾纏，所以我一直到這時候爲止，終於只在想像裏冒險，不敢輕易的上場去試一試過。這時候可不同了，人地既極生疏，時間又到了夜半；幾陣寒風和一天雪片，把我那已經喝了幾瓶酒後的熱血，更激高了許多度數。踏出車站，跳上人力車座，我把圍巾向臉上一包，就放大了喉嚨叫車夫直拉我到妓廓的高樓上去。

受了龜兒鴇母的一陣歡迎，選定了一個肥白高壯的花魁賣婦，這一晚坐到深更，於狂歌大飲之餘，我竟把我的童貞破了。第二天中午醒來，在錦被裏伸手觸著了那一個溫軟的肉體，更模糊想起了前一晚的癡亂的狂態，我正如在大熱的伏天，當頭被潑上了一身冰水。那個無智的少女，還是袒露著全身，朝天酣睡在那裏；窗外面的大雪晴了，陽光返射的結果，照得那一間八席大的房間，分外的晶明爽朗。我看看玻璃窗外的半形晴天，看看枕頭邊上那些散亂著的粉紅櫻紙，竟不由自主地流出來了兩條眼淚。

「太不值得了！太不值得了！我的理想，我的遠志，我的對國家所抱負的熱情，現在還有些什麼？還有些什麼呢？」心裏一陣悔恨，眼睛裏就更是一陣熱淚；披上了妓館裏的縕袍，斜靠起了上半身的身體，這樣的悔著呆著，一邊也不斷的暗泣著，我真不知坐盡了多少的時間；直到那位女郎醒來，陪我去洗了澡回來，又喝了幾杯熱酒之後，方才回復了平時的心狀。三個鐘頭之後，皺著長眉，靠著車窗，在向御殿場一帶的高原雪地裏行車的時候，我的腦裏已經起了一種從前所絕不曾有過的波浪，似乎在昨天的短短一夜之中，有誰來把我全身的骨肉都完全換了。

「沉索性沉到底罷！不入地獄，那見佛性，人生原是一個複雜的迷宮。」

這就是我當時混亂的一團思想的翻譯。

輯三　名人日記（節錄）

一九二七年二月十八日，星期五，正月十七，雨。

夜來雨還是未息。杭州確已入黨軍手，喜歡得了不得。午前在家裏整理出版部的事務。午後開部務會議，決定以後整理出版部的計畫。並且清查存貨，及部內器具什物，登記入清冊。

晚上清理賬目，直到十點多鐘。讀Willa S. Cather的小說*O Pioneers*！尚剩六七十頁。

開塞女士描寫美國Prairie的移民生活，筆致很沉著，頗有俄國杜葛納夫（屠格涅夫）之風。瑞典移民之在加州的生活，讀了她的小說，可以了如觀燭。書中女主人公Alexandra的性格，及其他三數人的性格，也可以說是寫到了，但覺得弱一點，沒有俄國作家那麼深刻。她的描寫自然，已經是成功了，比之Turgenieff初期的作品，也無愧色，明天當將這篇小說讀了之。

二月十九日，星期六，正月十八。雨仍未息。

早晨八點鐘起床，閱報知道黨軍已進至臨平，杭州安謐。映霞一家及我的母親兄嫂，不曉得也受了驚恐沒有，等滬杭車通，想去杭州一次，探聽她們的消息。

午前在家裏讀小說，把Cather女士的*O Pioneers*！讀畢。書係敘一家去美洲開墾的瑞典家族。初年間開墾不利，同去者大都星散，奔入芝加哥、紐約等處去作工了。只有Bergson的一家不走，這家的長女Alexandra，治家頗有法，老主人死後，全由她一人，把三人的兄弟弄得好好，家產亦完全由她一手置買得十分豐富。她幼時有一位朋友，因年歲不豐，逃上紐約去做刻匠，幾年之後，重來她那裏，感情復活，然受了她二位兄弟的阻撓，終於不能結婚。她所最愛的一個小弟弟，這時候還和她同住，雖能瞭解她的心，但也不很贊成她的垂老結婚。後來這小弟弟因爲和一個鄰近的已婚婦人有了戀愛，致被這婦人的男子所殺，Alexandra正在悲痛的時候，她的戀人又自北方回來了，兩人就結了婚。這是大概，然而描寫的細膩處，卻不能在此地重述。

上海的工人，自今天起全體罷工，要求英兵退出上海，並喊打倒軍閥，收回租界，打倒帝國主義等口號，市上殺氣騰天，中外的兵士，荷槍實彈，戒備森嚴。中國界內，兵士搶劫財物，任意殺人，弄得人心恐怖，寸步不能出屋外。

午後三四點鐘，有人以汽車來接我，約我去看市上的肅殺景象。上法界周家去坐了兩三個鐘頭。傍晚周夫人和之音方匆促回來，之音告我「周靜豪爲欠房租而被告了」。

晚上田壽昌家行結婚禮，我雖去了兩趟，然心裏終究不快活，只在替周靜豪擔憂。

入夜雨還是不止，在周家宿。

二月二十日，星期日，雨還是不止（正月十九日也）。

午前起來，回出版部看了一回，上了幾筆帳。心上一日不安，因爲周靜豪訟事未了，而外面的罷市罷工，尚在進行。西門東門，中國軍人以搜查傳單爲名，殺人有五六十名。連無辜的小孩及婦人，都被這些禽獸殺了，人頭人體，暴露在市上，路過之人，有嗟嘆一聲的，也立刻被殺。身上有白布一縷被搜出者，亦即被殺。男子之服西服及學生服者，也不知被殺死了多少。最可憐的，有兩個女學生，在西門街上行走，一兵以一張傳單塞在她的袋裏，當場就把這兩人縛起，脫下她們的衣服，用刀殺了。此外曹家渡，楊樹浦，閘北，像這樣的被殺者，還有三四十人。街上血腥充滿於濕空氣中，自太平天國以來，還沒有見到過這樣的恐怖。

傍晚又到周家去宿，周太太哭得面目消瘦，一直到夜深才睡著。

二十一日，星期一，雨仍在下（正月二十）。

早晨一起，就和之音及周太太上地方廳去設法保周靜豪。一直等到午後三四點鐘，費盡了種種苦心，才把事情弄好。

晚上因爲下雨，仍在周家宿。和之音談了些天，可是兩人都不敢多說話。外面軍人殘殺良民，愈演愈烈，中國地界無頭的死屍，到處皆是，白晝行人稀少，店鋪都關了門。

二十二日，星期二，晴（正月廿一）

午前十點鐘後起床，就回到出版部裏來。

辦了半天的公，到傍晚五點多鐘，忽有一青年學生來報告，謂工人全體，將於今晚六點鐘起事，教我早點避入租界，免受驚恐。我以「也有一點勇氣，不再逃了，」回對他，被他苦勸不過，只好於六點鐘前，踉蹌逃往租界去躲避。晚上等了一晚，只聽見幾聲炮聲，什麼事情也沒有。仍在周家宿，有人來作閒談，直談到午前一點，去大世界高塔上望中國界，也看不出什麼動靜，只見租界上兵警很多而已。

二十三日，星期三（正月廿二）**陰晴**。

午前就有人上周家來訪我，去中國界看形勢，殺人仍處處在進行，昨晚上的事情，完全失敗了。走到長生街（在北門內）徐宅，看之音和她妹妹，之音已經往周家去了。

在周家吃午飯，和之音坐了一會，又同蔣光赤出來，到街上打聽消息，恐怖狀態，仍如昨日，不過殺人的數目，減少了一點。但學生及市民之被捕者，總在百人以上，大約這些無辜的良民，總難免不被他們殺戮，這些狗彘，不曉得究竟有沒有人心肝的。

晚上在電燈下和之音及她的三妹妹閒談，我心裏終究覺得不快樂，因爲外面的恐怖狀態，不知道要繼續到什麼時候。

二十四日，星期四（正月廿三），**雨**。

午前去訪華林，因爲他住在周家附近的金神父路。一直談到午後一點多鐘，才回周家去。周太太硬要我爲她去借三百塊錢來，我真難以對付，因爲這兩月來，用錢實在用得太多了。

傍晚四五點鐘，冒雨回到出版部來，左右的幾家人家，都以不白的罪名被封了，並且將金銀財物，搶劫一空，還捕去了好幾個人。大家勸我避開，因爲我們這出版部，遲早總要被封的。明天早晨，若不來封，我想上法界去弄一間房子，先把伙計們及賬簿拿去放在那裡。

《創造》月刊六期，已於昨日印出，然不能發賣，大約這虐殺的恐怖不去掉，我們的出版品，總不能賣出去的。

今天工人已有許多復工的，這一回的事情，又這樣沒有效果的收束了，我真爲中國前途嘆，早知要這樣的收場，那又何苦去送二三百同胞的命哩！

窗外頭雨還是不止，我坐在電燈下，心裏盡在跳躍，因爲住在中國界內，住在中國軍閥的治下，我的命是在半天飛的。任何時候，這些禽獸似的兵，都可以闖進來殺我。

二十五日，星期五，雨大得很，並且很冷。

午前一早就起來，上城隍廟去喝了茶，今天上海的情形，似乎恢復原狀了。十點前後冒雨去四川路，買了一本Sheila Kaye-Smith 的*Green Apple Harvest*。聽說這一本書，和*Sussex Gorse*，是她的傑作，暇日當讀它一讀。又去內山書店，買了幾本日本書。

午後上周家去，見到了之音，交給她二百塊錢，託她轉交給周太太。同時又接到了映霞的一封信，約我去尙賢坊相會，馬上跑去，和她對坐到午後五點，一句話也說不出來。她約我於下星期一再去，並且給了我一個地址，教我以後和她通信。無論如何，我總承認她是接受了我的愛了，我以後總想竭力做成這一回的Perfect Love，不至辜負她，不至損害人。跑回家來，就馬上寫了一張紙條，想於下星期一見她的時候，親交給她。約她於下星期二（二月廿八日）午後二點半鐘在霞飛路上相見。啊啊，人生本來是一場夢，而我這一次的事情更是夢中之夢，這夢的結果，不曉得究竟是怎樣，我怕我的運命，終要來咒詛我，嫉妒我，不能使我有圓滿的結果。

二十七日，星期日，晴爽（正月廿六日）。

想來想去，終覺得我這一回的愛情是不純潔的。被映霞一逼，我的拋離妻子，拋離社會的心思，倒動搖起來了，早晨一早，就醒了不能再睡，八點多鐘，回到出版部裏。幾日來的事情，都還積壓著沒有辦理。今天一天，總想把許多回信覆出，賬目記清，《洪水》二十七期編好，明天好痛痛快快地和映霞暢談一天。

午後將《洪水》二十七期的稿子送出，我做了一篇《打聽詩人的消息》，是懷王以仁的。稿子編好後，心裏苦悶得很，不得已就跑出去，到大馬路去跑了一趟。又到天發池去洗了一個澡，覺得身體清爽得許多。

晚上又寫了一張信，預備明天去交給映霞的。晚飯多吃了一點，胸胃裏非常感著壓迫，大約是病了，是戀愛的病。

讀日本作家谷崎精二著的《戀火》，係敘述一個中年有妻子的男子名木暮者，和一位名榮子的女人戀愛，終於兩邊都捨不得，他夾在中間受苦，情況和我現在的地位一樣。

我時時刻刻忘不了映霞，也時時刻刻忘不了北京的兒女。一想起荃君的那種孤獨懷遠的悲哀，我就要流眼淚，但映霞的豐肥的體質和澄美的瞳神，又一步也不離的在追迫我。向晚的時候，坐電車回來，過天后宮橋的一刹那，我竟忍不住哭起來了。啊啊，這可咒詛的命運，這不可解的人生，我只願意早一天死。

二十八日，星期一，陰晴（正月廿七）。

早晨在床上躺著，還在想前天和映霞會見的餘味。我真中了她的毒箭了，離開了她，我的精神一刻也不安閒。她要我振作，要我有為，然而我的苦楚，她一點兒也不了解，我只想早一天和她結合。

午前在家裏，辦了一點小事，就匆匆的走了，走上孫氏夫婦處，因為她約定教我今天上那裡去會她。等得不耐煩起來，就上霞飛路俄國人開的書店去買了十塊錢左右的書。中間有德國小說家Bernhard Kellermann's *Der Tunnel*一冊，此外多是俄國安特列夫著的德譯劇本。

好容易，等到十二點鐘過後，她來了，就和她上江南大旅社去密談了半天，我的將來的計畫，對她的態度等，都和她說了。自午後二點多鐘談起，一直談到五點鐘左右。

室內溫暖得很，窗外面浮雲四蔽，時有淡淡的陽光，射進窗來。我和她靠坐在安樂椅上，靜靜的說話，我以我的全人格保障她，我想爲她尋一個學校，我更想她和我一道上歐洲去。

五點鐘後，和她上四馬路酒館去喝酒，同時也請孫氏夫婦來作陪。飯後上大馬路快活林去吃西餐茶點，八點前後又逼她上旅館去了一趟，我很想和她親一個嘴，但終於不敢，九點鐘後，送她上孫家去睡，臨別的時候，在門口，只親親熱熱的握了一握手。她的拿出手來的態度，實在是gehorsam，我和她別後，一個人在路上很覺得後悔，悔我在旅館的時候，不大膽一點，否則我和她的first kiss已經可以封上她的嘴了。

在電燈照著的空空的霞飛路上走了一回，胸中感到了無限的舒暢。這勝利者的快感，成功的時候的愉悅，總算是我生平第一次的經驗。在馬路上也看見了些粉綠的賣婦，但我對她們的好奇心，探險心，完全沒有了，啊，映霞！你真是我的Beatrice。我的醜惡耽溺的心思，完全被你淨化了。

在街路上走了半點多鐘，我覺得這一個幸福之感，一個人負不住了，覺得這一個重負，這樣的負不了了，很想找幾個人說說話。不知不覺，就走上了周家的樓上，那兒的空氣，又完全不同，有小孩子繞膝的嬉弄，有婦女們閱世的閒談，之音，慕慈，更有一位很平和的丈夫，能很滿足的享受家庭的幸福的丈夫周靜豪。和她們談談笑笑，一直談到了十二點鐘，才回返江南大旅社去。

一個人坐在日間映霞坐過的安樂椅上，終覺得不能睡覺，不得已就去洗了一個澡。夜已經深了，水也不十分熱，貓貓虎虎洗完澡後，又在電燈下，看了半個鐘頭的書。上床之後，翻來覆去，一睡也不能睡，到天將亮的時候，才合了一合眼。

三月一日，星期二，陰晴（正月廿八日）。

午前八點多鐘就起了床，梳洗之後，趕上尙賢坊孫氏寓居，又去看映霞，她剛從床上起來，穿了一身短薄的棉襖，頭髮還是蓬鬆未掠。我又發見了她的一種新的美點。談了幾句天，才曉得昨天晚上回來，孫氏的夫人，因月經期中過勞，病了，大家覺得不快。我今天還想約映霞出來再玩一天的，但她卻礙於友誼，不得不在孫夫人的床前看她的病。坐到十點鐘前，我知道她一定不能脫身，她也對我丟了個眼色，所以只好一個人無情無緒地離開了孫氏的寓居。

上周家去坐了一會，之音為我燒煮餛飩，吃了兩碗。匆匆回出版部來，看了許多來信。中間有我女人的一封盼望我回京很切的家書，我讀了真想哭了。

午後更是坐立不安，只想再和映霞出來同玩，在四馬路辦了一點社內的公務，就又坐電車上尙賢坊去。孫夫人的病已經好了許多，映霞仍復在床前看病。有一位在天津的銀行員，卻坐在映霞的對面，和她在談笑，我心裏一霎時就感著了不快，大約是嫉妒吧？我也莫名其妙，不知這感情是從何處來的。

痴坐了一兩個鐘頭，看看映霞終究沒有出來和我同玩的希望了，就決意出來，走到馬路上來，昨晚這樣感到滿足的心，今天不知怎麼的，忽而變了過來，一種失望，憤怨悲痛的心思，突如其來的把我的身體壓住，壓得我氣都吐不出來。又在霞飛路上跑了一圈，暗暗的天色，就向晚了，更上那家俄國書鋪去走了一遭，買了兩本哥爾基的劇本，心緒灰頹，一點兒感不出做人的興致來。走出那家書鋪，大街上的店裏，已經上電燈了。很想上金神父路去找華林談話，但又怕中國界要戒嚴，不能回出版部去，所以只好坐了公共汽車，回返閘北。

吃了夜飯，在燈前吸煙坐著，心事更如潮湧。想再出去，再去看看映霞，但又怕為她所笑。不得已，只好定下心來，寫了一封很長的信，約她於禮拜五那天（三月四日）午後，在大馬路先施公司電車停留處候我，我好再和她談半天的話。我和她這一次戀愛的成功與否，就可以在這一天的晚上決定了。若要失敗，我希望失敗得早點，免得這樣的不安，這樣的天天做夢。啊啊，The agony of love，我今天才知道你的厲害。

三月二日，星期三，陰晴（正月廿九）。

昨晚上因為想映霞的事情，終於一宵不睡，早晨起來，一早就去梅白克路坤範女中看她，因為她寄住在坤範的她的一位女同學那裡。尋了半天，才尋著了那個比小學還小的女中學，由門房傳達進去，去請她的女友陳錫賢女士出來，她告訴我「映霞上她姊姊那裡去了」，可憐我急得同失了母的小孩一樣，想哭又哭不出來。不得已只好坐了電車回家，吃過午飯，便又同遊魂病者似的跑出外面去。

先上霞飛路的書店裏去了一趟，買了兩本德譯俄國小說，然後上周家去。周氏夫婦及小孩都不在，只有之音，坐在那裡默想。我和她談了許多天，她哭了，訴說她的苦悶。安慰了她一陣，末了我自己也哭了半天。

天上只有灰色的浮雲可以看得見，雨也不下，日光也不射出來。到了向晚的時候，我和之音，兩人坐了車上她娘家去。到了她的家裏，上她房裏去坐了一會，匆匆地又辭了她跑上南國社去看周氏夫婦。她們正在那裡賭錢，我也去輸了十二塊大洋。

晚上七至九的中間，跑上法科大學去授德文，我的功課排在晚上，係禮拜二三四的三天。今天因爲是第一天上課，學生不多，所以只與一位學生談了些關於講授德文的空話，就走了出來。

法科大學的學生，歡迎我得很，並且要我去教統計學，我已經辭了，萬一再來纏糾，只好勉強擔任下去，不過自家的損失大一點罷了，勉強要教也是可以教的。

晚上在周家宿，又是一宵未曾合眼。近來的失眠症又加劇了，於身體大有妨礙，以後當注意一點。

三月五日（陰曆二月初二），**星期六，晴爽**。

午前八點鐘就起了床，專候她來。等到九點多鐘，她果然來了，我的喜悅當然是異乎尋常，昨天晚上的決心，和她絕交的決心，不知消失到哪裡去了。

問她昨天何以不來，她只說「昨天午後，我曾和同居的陳錫賢女士，上創造社去找你的。」我聽了她的話，覺得她的確也在想見我，所以就把往事丟掉，一直的和她談將來的計畫。

從早晨九點鐘談起，談到晚上，將晚的時候，和她去屋頂樂園散了一回步。天上浮雲四布，涼風習習，吹上她的衣襟，我懷抱著她，看了半天上海的夜景，並且有許多高大的建築物指給她看，她也是十分滿足，我更覺得愉快，大約我們兩人的命運，就在今天決定了。她已誓說愛我，之死靡他，我也把我愛她的全意，向她表白了。吃過晚飯，我送她回去。十點前後，回到旅館中來，洗澡入睡，睡得很舒服，是我兩三年來，覺得最滿足的一夜。

三月二十一日，星期一，天晴快（二月十八）。

早晨十時前就起了床，因爲一夜的不睡，精神覺得很衰損，她也眼圈兒上加黑了。我入浴，她梳頭，到十一點左右，就和她出去。在街上見了可愛的春光，兩人又不忍匆匆的別去，我就要她一道上郊外去玩，一直的坐公共汽車到了曹家渡。

又換坐洋車，上梵王渡聖約翰大學校內去走了一陣，坐無軌電車回到卡德路的時候，才得到黨軍已於昨晚到龍華的消息，自正午十二點鐘起，上海的七十萬工人，下總同盟罷工的命令，我們在街上目睹了這第二次工人的總罷工，秩序井然，一種嚴肅悲壯的氣氛，感染了我們兩人，覺得我們兩人間的戀愛，又加強固了。

打聽得閘北戒嚴，華洋交界處，已斷絕交通，映霞硬不許我回到閘北來冒這混戰的險，所以只能和她上北京大戲院去看電影，因爲這時候租界上人心不靖，外國的帝國主義者，處處在架設機關槍大炮，預備殘殺我們這些無辜的市民，在屋外立著是很危險的。

五點鐘後從北京大戲院出來，和她分手，送她上了車，我就從混亂的街路上，跑上四馬路去找了一家小旅館住下。這時候中國界內逃難的人，已經在租界上的各旅館內住滿，找一個容身之地都不容易了。住了片刻，又聽到了許多不穩的風聲，就跑出去上北河南路口來探聽閘北出版部的消息，只見得小菜場一帶，遊民聚集得像螞蟻一樣，中國界是不能通過去了。謠言四起，街上的遊民，三五成群，這中間外國人的兵車軍隊，四處在馳驅威嚇，一群一群的遊民，只在東西奔竄。在人叢中呆立了許久，也得不到確切的消息，只好於夜陰密布著的黃昏街上，走回家來。這時兩旁商店都已關上了門，電燈也好像不亮了，街上汽車電車都沒有，只看見些武裝的英國兵，在四處巡走。

回到了旅館裏，匆匆吃了一點飯，就上床睡了。

二十二日，星期二（二月十九），**天氣陰晴**。

早晨一早醒來，就跑上北河南路去打聽消息，街上的人群和混亂的狀態，比昨天更甚了。一邊又聽見槍炮聲，從閘北中國地界傳來，一邊只聽見些小孩女子在哀哭號叫，訴說昨晚魯軍在閘北放火，工人搶巡警局槍械後更和魯軍力鬥的情形。北面向空中望去，只見火光煙峰，在烈風裏盤旋，聽說這火自昨晚十點鐘前燒起，已經燒了十二個鐘頭了。我一時著急，想打進中國界去看出版部的究已被焚與否，但幾次都被外國的帝國主義者打退了回來。呆站著著急，也沒有什麼意思，所以就跑上梅白克路坤範女中去找映霞，告訴她以閘北的火燒和打仗的景狀。和她在一家小飯館裏吃了午飯，又和她及陳女士，上北河南路口去看了一回，只有斷念和放棄，已經決定預備清理創造社出版部被焚後的事情了。和映霞回到旅館，一直談到晚上，決定了今後的計畫，兩人各嘆自己的運命乖薄，灑了幾滴眼淚。

吃過晚飯後，就送她上梅白克路去。我在回家的路上，真想自殺，但一想到她激勵我的話，就把這消極的念頭打消了。決定今後更要積極地幹去，努力地趕往前去。

半夜裏得到了一個消息，說三德里並未被燒並且黨軍已到閘北，一切亂事，也已經結束了。我才放了一放心，入睡了。

二十三日，星期三，天上盡浮滿了灰色的雲層，彷彿要下雨的樣子。

午前一早就起來，到閘北去。爬過了幾道鐵網，從北火車站繞道到了三德里的出版部內，才知道昨晚的消息不錯。但一路上的屍骸枕藉，有些房屋還在火中，槍彈的痕跡，黨軍的隊伍和居民的號叫哭泣聲，雜混在一塊，真是一幅修羅地獄的寫生。

在出版部裏看了一看情形，知道毫無損失。就又冒險跑上租界上去找映霞，去報告她一切情形，好教她放心。和她及陳女士，又在那一家新聞路的小飯館內吃完了午飯，走出外面，天忽而下起雨來了。送她們回去，我一個人坐了人力車折回閘北來。到北河南路口，及北四川路口去走向中國界內，然而都被武裝的英帝國主義者阻住了。和許多婦女小孩們，在雨裏立了一個多鐘頭，終究是不能走向出版部來了，又只好冒雨回四馬路去，找了一家無名的小旅館內暫住。

在無聊和焦躁的中間，住了一晚，身體也覺得疲倦得很，從十二點鐘睡起，一直睡到了第二天的早晨。

二十四日，星期四，雨很大，二月廿一。

早晨十點鐘從旅館出來，幸而走進了中國界內，在出版部裏吃午飯。燒斷的電燈也來了，自來水也有了，一場暴風雨總算已經過去，此後只須看我的新生活的實現，從哪一方面做起。

閱報，曉得沫若不久要到上海來，想等他來的時候，切實地商議一個整頓出版部，和擴張創造社的計畫。

午後，又冒了險，跑上租界上去。天上的雨線，很細很密，老天真好像在和無產階級者作對頭，偏是最緊要的這幾日中間，接連下了幾天大雨。

一路上的英國帝國主義者的威脅，和炮車的連續，不知見了多少，更可憐的，就是在閘北西部的好些犧牲者，還是暴露在雨天之下，不曾埋葬。過路的時候，一種像chloroform氣味似的血腥，滿充在濕透的空氣裏頭，使行人聞了，正不知是哭好呢還是絕叫的好。

先打算上印刷所去看出版部新出的週報《新消息》的，後來因爲路走不通——都被帝國主義者截斷了——只好繞過新閘橋，上映霞那裏去，因爲她寄寓的坤範女中，就在新閘橋的南岸。

上坤範去一打聽，知道陳女士和她已經出去了，所以只好上蔣光赤那裏去問訊。上樓去一望，陳女士和映霞，都坐在那裏說話，當然是歡喜之至。和她們談到五點鐘，就約她們一塊兒的上六合居去吃晚飯，因爲雨下得很大，又因爲晚上恐怕回閘北不便，所以飯後仍復和她們一道，回到蔣光赤的寓裏，又在電燈下談了二三個鐘頭的閒天。

送她們上車回去之後，更和光赤談了些關於文學的話，就於十二點鐘之後，在那裏睡了。係和光赤共鋪，所以睡得不十分安穩。

郁達夫作品精選：5

水樣的春愁【經典新版】

作者：郁達夫
發行人：陳曉林
出版所：風雲時代出版股份有限公司
地址：10576台北市民生東路五段178號7樓之3
電話：(02) 2756-0949
傳真：(02) 2765-3799
執行主編：朱墨菲
美術設計：吳宗潔
行銷企劃：林安莉
業務總監：張瑋鳳

初版日期：2019年9月
ISBN：978-986-352-728-2

風雲書網：http://www.eastbooks.com.tw
官方部落格：http://eastbooks.pixnet.net/blog
Facebook：http://www.facebook.com/h7560949
E-mail：h7560949@ms15.hinet.net
劃撥帳號：12043291
戶名：風雲時代出版股份有限公司

風雲發行所：33373桃園市龜山區公西村2鄰復興街304巷96號
電話：(03) 318-1378
傳真：(03) 318-1378
法律顧問：永然法律事務所 李永然律師
北辰著作權事務所 蕭雄淋律師

行政院新聞局局版台業字第3595號 營利事業統一編號22759935

定價：220元

國家圖書館出版品預行編目資料

郁達夫作品精選：5 水樣的春愁 經典新版 / 郁達夫著.
-- 初版. -- 臺北市：風雲時代, 2019.08 面； 公分

ISBN 978-986-352-728-2（平裝）

855 108010449